大活字本シリーズ

悪名残すとも

吉川永青

《上》

埼玉福祉会

悪名残すとも

上

装幀　巖谷純介

目次

第一章　邂逅

一・隆房と元就

安芸《あき》国吉田《よしだ》、住吉《すみよし》山の木々はすっかり葉を落とし、背後から差し込む朝日が遮られることもない。とは言え十二月の三日である。天文《てんぶん》九年（一五四〇年）も暮れなんとする今、瀬戸内の海から大きく内陸に入った山地には薄く雪が積もっている。

積雪の上に漂う黎明《れいめい》の空気は、身を切るが如く冷たい。隆房《たかふさ》は両手に「はあ」と息を吐きかけて擦《こす》り合わせた。練り革で作られた手甲の端が触れ合い、ごそごそと音を立てた。

西に見下ろす江《ごう》の川の対岸、山頂の城が毛利元就《もうりもとなり》の郡山城《こおりやま》である。隆房のいる住吉山の頂よりわずかに低い。本郭《くるわ》から尾根伝いに大小の郭が延びている様は、大内《おおうち》の本国・周防《すおう》の海岸で見かける海星《ひとで》を思い起こさせた。

郡山城は今年の六月から尼子《あまご》軍の侵攻を受けている。隆房は主君・大内義隆《よしたか》の命に従い、一万の兵を率いて援軍に参じていた。

「間に合《お》うたか」

背後で陣張りをする喧騒《けんそう》の中、小さく呟《つぶや》く。声はすぐに白い靄《もや》となって消えた。

城の左手——南方に目を遣《や》れば、細く浅い多治比《たじひ》川がこちらへと向いて流れ、江の川に注ぎ込んでいる。河岸に沿って、山間《やまあい》に少しだけ相合《あいおう》口の野が開けていた。近辺には吉田上《よしだかみ》村と呼ばれる村があったそうだが、今は雪の白さの中、真っ黒に焼け焦げた柱がまばらに突き出ているのみである。尼子軍による焼き討ちの跡だった。

焼け跡を挟んだ多治比川の南岸には、手前に青《あお》山、向こうに三塚《みつか》山、なだらかな二つの山陵が頂を寄せ合っている。両山の狭間は土取場の窪地《くぼち》で、尼子の本陣が置かれていた。この他、郡山城の西一里（一里は約六五〇メートル）足らずの先、相合口の野の中にひょろりと延びた高台が目に付く。宮崎長尾《みやざきながお》と呼ばれる地で、尼子方の旗印はここにも見えた。

住吉山から概《おおむ》ね三里を隔てた両陣所にある兵は、毛利の二千四百に対して実に三万であった。だが冬の寒さのせいか、尼子方に盛んな動きはない。黒い具足や足軽の陣笠《じんがさ》が雪の上に屯《たむろ》し、遠目に見れば餅《もち》の上に貼り付く無数の胡麻《ごま》粒のように映った。

「それにしても、毛利元就……」

大内とて幾度か援軍を送ってはいたが、この寡兵で良く半年も粘り抜いたものだ。敵に回したくない男だと思い、ごくりと唾《つば》を飲む。

と、背後に人の足音が近付いて「陶《すえ》殿」と声をかけた。えらの張った顎《あご》に両目の間が離れた顔は、隆房の妻の祖父に当たる内藤興盛《ないとうおきもり》だった。

「これは内藤殿」

頭を下げると、内藤は「いやいや」と鷹揚《おうよう》に制した。

「わしのような老いぼれに遠慮は無用ですぞ」

内藤は齢《よわい》四十六、老骨と言うにはまだ早い。だが、ゆったりとした語り口には穏やかな人となりが滲《にじ》み出ていて、歳以上のものを思わせる。隆房は面持ちを緩めて頭を上げた。年若い己を家中第一席と重んじてくれるのは、重臣では内藤ぐらいのものだった。

大内には陶家、内藤家、杉伯耆守《すぎほうきのかみ》家と、家老を務める三家がある。中でも陶家は筆頭に序せられる家柄だった。もっとも隆房は父の死去に伴い、昨年に陶の家督を継いだばかりである。当年取って二十歳、瓜実顔《うりざね》に切れ長の二重瞼《まぶた》という美男であり、未だ髭《ひげ》も蓄えていない。

「貴公はこの軍の大将にござろう。もっと堂々としてもらわねば下の者が乱れます」

重ねて釘《くぎ》を刺し、内藤は「時に」と続けた。

「この戦、どう動かしますかな。それがしの聞いたところでは、郡山城には近くの百姓たちも入っているとか。先の焼き討ちで棲家《すみか》を失った者たちでしょうな。つまり」

将としての顔、厳としたものを面持ちに宿して「分かるか」とばかりに言葉を切った。隆房は腕を組んで「ふむ」と頷《うなず》き、ひと呼吸の後に返した。

「兵糧《ひょうろう》の減りが早い」

「そのとおり。もう城の蓄えも尽きる頃でしょう。速戦、即決。これこそ我らに求められるものにござる」

正しい見通しである。だが隆房の胸中には、少しばかり引っ掛かるものが残った。まずは即答を避け、腕組みのまま俯《うつむ》く。

陶の家督を継ぎ、大内家宰《かさい》となってから二年足らずと日が浅い。それゆえ隆房は、安芸国衆のひとりでしかない毛利元就を詳しくは知らなかった。だが目の前にある事実だけで、元就の手腕が並大抵でないことだけは分かった。

大内家は本貫の周防に加えて東は石見《いわみ》と安芸、備後《びんご》、西は長門《ながと》から九州の筑前《ちくぜん》と豊前《ぶぜん》にまで勢力を伸ばす西国の雄である。一方、尼子は出雲《いずも》と伯耆に根を張る山陰の雄であった。三十年ほど前、尼子が石見、安芸、備後に食指を伸ばし始めた頃から両家は対立し、大永元年《だいえい》（一五二一年）からは安芸国内で争ってきた。

安芸国衆は生き残りのため、大内と尼子のどちらかに付くことを求められる。そうした中で元就は、双方に付き離れを繰り返してきた。境目の者――大国に挟まれた小勢は向背勝手というのが乱世の習いだが、やはり寝返れば旧主の怒りを買う。斯様《かよう》な危ない橋を何度も渡りながら毛利家を保ち続け、勢力を拡げているのだ。

「陶殿」

内藤が、いささか焦《じ》れたように声をかける。隆房は俯いたまま応じた。

「今少し」

焼け出された百姓衆が城に入っていることも、元就が如何《いか》に優れた将であるかを示していた。だが、そこにこそ郡山城の泣きどころがある。

しばし考えた後、隆房は顔を上げ、目元を厳しく引き締めて発した。

「速戦即決よりも、まずはこの住吉山に腰を落ち着け、城方を奮い立たせるべしと存ずる」

内藤は驚いて声を大にした。

「お待ちあれ。わざわざ左様なことをせずとも、我らの一万が尼子に不意打ちを喰《く》らわせた方が良うござらぬか。相手は山間の陣、守りは固いが三万の数を十全には生かし得ぬのですぞ」

隆房は胸を張って「いいえ」と応じた。

「確かに余計な時はかかりましょう。されど、城に入った百姓衆を何とかせねば」

何を言っているのか、という顔の内藤に向け、丁寧に言葉を連ねた。百姓は賦役を命じられて戦場に出ることはあれど、実際に戦うことはない。兵として練られていない者に槍《やり》や弓を持たせても役に立たぬからだ。

とは言え、百姓というのはまことに逞《たくま》しい。戦が始まれば見物をして勝ち馬に乗り、落ち武者狩りで褒美にあり付こうとする。討ち死にした骸《むくろ》から得物や具足を奪い、売って銭に換える者すらいた。

内藤はこの言葉に頷きつつ、怪訝《けげん》な顔で「それが？」と問うた。隆房は西の先、焼き討ちに遭った村の跡を指し示した。

「村がああなれば、百姓はどこかへ逃げ散ります。しかし戦が終われば、いつの間にか元のところに戻って田畑を作っている。領主が匿《かくま》うと言っても、負けるやも知れぬと思えば素直に従わぬものにござろう。元就殿は領民に慕われておるのでしょうな」

内藤は今ひとつ分からぬという風に「ふむ」と頷いた。

「いかにも、陶殿が仰せのとおり。この期に及んで城に入るは、百姓衆も共に戦うつもりにござろう。元就殿も無下には扱わぬはず。ゆえに城の守りは任せ、兵の多い我らが動くべしと具申したのですが」

隆房は大きく首を横に振った。

「されど所詮《しょせん》は百姓です。兵糧が底を突かんとしておれば、命のやり取りに慣れておらぬがゆえに浮き足立つ。今日には城が落ちるのでは、明日には我が命がないのではと思い煩い、震え上がっておるは必定です」

「まさか、毛利の兵がそれに引き摺《ず》られると？」

「たかが百姓の怖《お》じ気と侮ってはなりませぬ。兵が二千四百なら、百姓はその何倍になるか。多くの者が怯《おび》えておれば、兵とて心弱くなるのが道理です」

内藤が口を真一文字に結び、眉根《まゆね》を寄せて「むう」と唸《うな》る。隆房はそれを見てなお続けた。

「尼子方とて阿呆《あほう》の集まりではござらぬ。小勢が大軍に勝つには不意打ちしかないのですから、用心を深くし、手ぐすね引いて待っているやも知れませぬ。我らを迎え撃つ一方、全軍から五千も割いて城を襲ったらどうなりましょう」

その時、郡山城は落城の憂き目を見るしかない。内藤は「参った」

と頭を下げた。

「陶殿の仰せ、一々もっともにござる。が、城方を奮い立たせるまでは良しとしても、尼子の兵を蹴散《けち》らす算段はおありなのか」

「無論です。毛利元就という男が虚《うつ》けでなければの話ですが」

とは言いつつ、隆房は、きっと元就がこちらの思惑に最善の答を返してくれると信じた。顔に浮かぶ笑みに自然と力が籠《こ》もる。

内藤は一面で得心したように、一方では呆《あき》れたように、小さく「ふふ」と笑った。

「貴公は良くも悪くも真っすぐで、こうと決めたら梃子《てこ》でも動かぬ御仁です。分かり申した、わしは全てに従うゆえ、大将として存分に采配《さいはい》を振られませい」

そして具足の胸を右の拳《こぶし》でドンと叩《たた》き、何度も頷きながら立ち去った。隆房はその背に深く頭《こうべ》を垂れ、遠ざかる足音を聞きつつ顔を上げた。

「江良《えら》、宮川《みやがわ》」

陣張りを進める一団に向け、大声を上げる。慌しく動く人の群れから、それらを督していた江良房栄《ふさひで》と宮川房長が駆け出して来た。江良は大内直臣で家中随一の勇将、隆房より六つ年上である。一方の宮川は陶の家臣であり、隆房の父の代から仕える四十路《よそじ》手前の股肱《ここう》であった。

二人が眼前に片膝《かたひざ》を突くと、隆房は言下に命じた。

「宮川、この地に大内の旗を立てよ。城からも、尼子の陣からも見えるよう、一番大きなものを高々と揚げるべし。幟《のぼり》もありったけ持ち出せ。江良には太鼓と法螺《ほら》貝を任せる。打ち鳴らし、吹き鳴らして、併せて兵に鬨《とき》の声を上げさせい」

江良は勇のみでなく智慧《ちえ》も回る。寸時に隆房の意図を察し、ぎらりと目を光らせた。

「城方を奮い立たせるのですな。お任せあれ」

宮川も負けじと胸を張る。

「承知仕《つかまつ》った。大旗の周りで、小ぶりの旗も振らせましょう」

隆房は大きく頷いた。

「頼むぞ。全ては我らが御屋形《おやかた》様、大内義隆公の御ために」

江良と宮川は「はっ」と声を合わせ、すぐに支度に掛かった。

半時（一時は約二時間）の後、大内軍は陣張りを中断して高らかに陣太鼓を打ち鳴らした。ドン、ドン、ドン、と拍子を刻む音が腹に響く。それに合わせて法螺貝が低い唸りを上げた。

「者共、叫ぶぞ」

江良の号令に続いて、兵たちが一斉に雄叫《おたけ》びを上げる。数千の声が束になり、住吉山には獣の咆哮《ほうこう》にも似た大音声がこだました。

「それ、旗振れい」

宮川の号令に応じ、将たちの纏《まとい》（大馬印《おおうまじるし》の旗）が左右に振り回された。その中央では白地に黒く染め抜かれた「大内菱《びし》」の大将旗が寒風に翻っている。

援軍これにあり。城方よ奮い立て――懸命の鼓舞は一刻（約三十分）余りも続いた。

するところ、今度は郡山城から声が上がる。兵の喚声に混じり、百姓衆であろう、裏返った歓喜の絶叫も聞こえた。本郭の館《やかた》らしきところでは、黄色地に黒で描かれた「一文字に三つ星」の纏に加え、流し旗がいくつも振られていた。

互いの鼓舞を受け取り合い、大内軍は陣張りを急いだ。

夜になると、空に風花が舞った。分厚い雲に遮られて月光が届くはずもないが、地に敷き詰められた雪のせいでほんのりと明るい。郡山では城の篝火《かがりび》がちらほらと揺れ、土塁や空堀などの構え、眼下に流れる江の川をぼんやりと浮かび上がらせている。

朝方の鼓舞で、毛利方の萎《な》えかけた気は支えられたはずだ。昼過ぎには兵を遣って幾許《いくばく》かの兵糧も入れた。あとは元就と戦の算段を詰めるのみだが――。

思いつつ、隆房は溜息《ためいき》をついて陣幕に戻った。冬場とあって頭上にも幕を渡してある。外にはいくつかの焚《た》き火、中には四隅と中央に火《ひ》桶《おけ》が置かれていた。中央の火桶の奥にある床机《しょうぎ》に腰を下ろし、暖を取りつつ独りごちる。

「遅くとも二ヵ月のうち……。御屋形様の信に応《こた》えねば」

今はまだ良いが、年明けには雪もさらに積もるだろう。冬場の野営陣で長居はできない。

「申し上げます」

外から声がかかる。隆房が「入れ」と応じると、陣幕の合わせ目を小さく開けて伝令が入り、火桶の向こうに跪《ひざまず》いた。

「毛利元就様より、書状と進物が届きました」

言いつつ、具足の胸から書状を取り出して捧《ささ》げ持つ。隆房はそれを受け取って手早く広げ、目を落とした。

書状は今日の鼓舞と兵糧に対する謝礼で始まり、次に進物の内容が記されていた。雪山で暖を取るための炭と酒である。兵糧に窮しているとあって酒はごくわずかだが、炭は百俵を寄越《よこ》してくれたらしい。隆房と将たちが概ね二ヵ月ほどで使いきる量であった。

「さすがだ」

こちらの思惑を見通したかのように、二ヵ月分を寄越してくる。元就もその間に戦を決する肚《はら》なのだ。隆房は、にやりと頬を歪《ゆが》めて続きを目で追った。

「宮崎長尾の陣……か」

発して少し考え、然《しか》る後に大きく頷いた。

「返書をしたためる。少し待っておれ」

伝令に命じると、隆房は荷の中から紙と矢立を取り出す。矢立の墨《すみ》壺《つぼ》は半ば凍っていた。舌打ちをして火桶で炙《あぶ》り、墨を融《と》かすと、筆に取ってさらさらと走らせた。

*

援軍に力を得た毛利軍は十二月十一日、宮崎長尾にある尼子の陣を攻めた。もっともこれは小競り合い程度のもので、双方の被害は大したことがなかった。

以後、毛利軍は城を出て戦う構えを見せなくなった。尼子軍も住吉山の大内軍を気にしてか、城を攻め立てようとしない。だが城攻めはせずとも、尼子は兵を動かしていた。先に元就が襲った宮崎長尾の陣、相合口の野に突き出た高台の備えを厚くしている。

山の端の残照が消えなんとする頃に、住吉山の頂から尼子本陣を眺める。二千ほどの兵が、夜を選んで宮崎長尾を指しているらしい。隆房は含み笑いを漏らした。

「今日は大晦日《おおつごもり》か」

先の小競り合い、その後の沈黙、元就の打つ手には意味がある。二十日余り前に交わした書状のとおりに、ことが進んでいた。

満足して陣屋に戻る。少しすると内藤興盛が訪ねて来た。

「御免」

挨拶《あいさつ》して中に入る。隆房は立ち上がって迎え、床机をもうひとつ出して内藤に勧めた。火桶を挟んで差し向かいに座ると、内藤は手を温めながら深い溜息をついた。

「陶殿。いったい、いつまで動かぬおつもりです」

うんざり、というのが手に取るように分かる顔である。隆房はことともなげに返した。

「何か都合の悪いことでも？」

内藤は顔をさらに渋くしながらも「いえ」と頭《かぶり》を振った。

「わしは構いませぬが、下の者、特に足軽衆が不平を漏らしておるのです。援軍に来て戦のひとつもせず、ただ寒い陣に居座るのみとあっては……。夜が明ければ新たな年よ、正月ぐらい生国で過ごしたいものだと、文句を言う者が後を絶ちませぬ」

隆房は手を叩いて笑った。

「それでこそ、この戦に勝つことができ申す」

「何と。戦おうという気がなくなってしまえば、勝ちなど覚束《おぼつか》ぬでしょう」

「いいえ」

にんまりと笑みを浮かべ、隆房は床机を立つ。そして火桶から三歩ほど右手に設《しつら》えた台に向かい、広げられた地図を示した。

「十一日に、毛利軍が宮崎長尾を襲いましたろう。以後、元就殿がなぜ動きを見せぬのか」

内藤は「ううむ」と不審な顔を見せた。

「分かりませぬわい。あ、いや。宮崎長尾を襲うのは分かりますぞ。尼子の退路を脅かし、兵を退くように仕向けるのでしょう」

隆房は目を細めて、ごく小さく首を横に振った。

「あのひと当たりは、実はそれがしから頼んだことでしてな。元就殿は、それきり動こうとしない。だからこそ良いのです」

「何ゆえか。それがために尼子は、宮崎長尾の備えを厚くしておるのですぞ」

温厚な内藤には珍しく、語気が強い。他の者なら罵倒《ばとう》されているところだろう。

隆房は地図の上に尼子の本陣を指差し、人差し指を宮崎長尾へと滑らせて見せた。

「敢《あ》えて、尼子のするに任せているのです。とは申せ城の間近、しかも援軍の我らがいるとあって、兵を動かすにも夜を選ぶしかありませぬ」

戦とは本来、昼間にするものである。日没になれば双方いったん兵を退くのが常だった。たとえ月夜でも、暗い中では同士討ちの恐れがあるからだ。夜討ち朝駆けの奇襲は窮余の一策でしかない。

隆房は口の中で笑いを噛《か》み殺した。

「ただでさえ寒い冬です。兵を移すに当たり、さらに寒い夜を選ばねばならぬ。これがどういうことか……。宮崎長尾の備えは厚くなれど、尼子の兵はいよいよ戦に倦《う》んでいることでしょう。ならば寡兵の城方だけでも制するに足る。それがしの頼んだひと当たりが、どういう意味を持つのか。元就殿は正しく汲《く》んでくれたのです」

援軍に来て一ヵ月足らずの大内軍でさえ、寒中の野営では不満が鬱《うっ》積《せき》する。まして尼子軍は出雲からの遠征、しかも半年の長陣となれば、士気など下がりきっているだろう。寒空の下で陣を移るように仕向けたのは、個々の兵に残った最後の戦意を毟《むし》り取るためであった。

隆房は床机に戻って腰を下ろした。

「元就殿からは、初め、年明けに揃って宮崎長尾を攻めようと誘われておったのです。内藤殿が仰せのとおり、退路を絶つ構えを見せるためですな」

目を内藤に向け、ぎらりと光らせて続けた。

「されど、それでは手ぬるい。宮崎長尾に兵を移すよう仕向ければ、尼子本隊の備えが薄くなるではござらぬか。そこを我らが完膚なきまでに叩く。大内に……いずれ天下に号令なさる我らが御屋形様に、二度と楯突く気を起こさぬように」

内藤が、ごくりと唾を呑《の》む。隆房は厳しい面持ちを解き、口の端だけに笑みを浮かべた。

戦場の形が静かに変わる中、天文九年は暮れていった。

＊

年が明けて天文十年（一五四一年）を迎えた。新春とは名ばかり、山間の郡山城近辺では未だ雪が消えることもなく、北西から吹き付ける風は陣幕に遮られてなお冷たい。ただ「冬の風は日一杯」と言うとおり、日のあるうちは強くとも日暮れから夜にかけては収まる。

一月六日、今日も風がおとなしくなってきたと思った頃、その風に乗って喧騒が届いた。陣屋の中で囲碁の相手をさせていた宮川房長が、盤面から顔を上げて声に緊張を湛《たた》えた。

「鬨の声にござりますぞ」

隆房はそれには答えず、床机を立って外へと歩を進めた。郡山城を見下ろせば、そこに戦時の慌しい様子は現れていない。

宮川も後を追って外に出る。そして背後から声をかけた。

「一昨々日《さきおととい》に続いて宮崎長尾に仕掛けているようですな。加勢せずども良いのですか」

毛利軍は年明けの一月三日と今日、敵陣を攻めている。両日とも夕刻近くに仕掛けていた。

それが意味することは何か。隆房は思いを巡らし、すぐに発した。

「本気で攻め立てるなら朝一番だ。これは合図に過ぎぬ。やはり元就殿は」

頼もしい、と言いかけて口を噤《つぐ》み、強く「ふん」と鼻息を抜いて宮川に命じた。

「ご苦労だが、今すぐに各々の陣所を回り、陣払いを伝えよ。明日の朝一番から取り掛かり、十一日を期して住吉山を下りる。併せて伝えるべし、我らは尼子と一戦を交え、勝って周防へ帰るのだと」

「あ……。はっ」

宮川は、ぱっと顔を明るくして勢い良く頭を下げ、すぐに走り去った。

その背を見送りながら思った。

年明けの二度の小競り合いで、半年を超える長陣に倦みきった尼子の兵は、なお厭戦《えんせん》の気を強めるだろう。対して大内の援軍は、萎え始めているとは言え、未だ在陣一ヵ月とあって疲れを溜め込んでいない。これを機に動くと伝えれば戦意を再燃させられる。

元就はそういう頃合を計ったのだ。援軍との交わりは十二月三日の鼓舞、書状や進物のやり取りだけで、こちらの将兵の様子は見ていない。にも拘《かかわ》らず、寒中の越年に気を沈ませていると見越したのだろう。

戦場の呼吸、人心の理というものを熟知している辺り、やはり良将である。

（頼もしい。敵に回したくない。……どちらだ）

いずれにせよ、見習わねばならぬことは多い。隆房は右手に拳を握った。

陣払いを終えた大内軍は一月十一日の夕刻を前に住吉山を下りた。そして江の川を渡り、城のある郡山に入る。中腹よりもやや山裾《やますそ》に近い辺りを行軍していると、こちらの動きを察したのであろう、毛利方の将が数名の供を連れて山を下って来た。木々の間を縫うように駆け寄り、五間（一間は約一・八メートル）ほど隔てた坂の上で発する。

「大内家老筆頭、陶隆房様とお見受けいたします。それがし桂元澄《かつらもとずみ》と申す者」

夕暮れ迫る木立の中、隆房は行軍の先頭で馬を止めた。

「いかにも、陶隆房である」

桂はなお山肌を駆け下り、隆房の馬から二間半の辺りで片膝を突いた。

「主君・元就より、山中の道案内を命じられました。どこへなりとお連れいたします」

緊張の強すぎる顔である。これを見て、ふと胸に湧いたものがあった。

元就はこれまで、こちらの考えをひととおり正しく受け取り、先を読んで動いている。桂がこういう顔を見せているのは、もしや——。

今一度、元就を試してやろう。その思いで胸を反らせた。

「ならば頼む」

どこへ連れて行けとは敢えて言わず、顎をしゃくって「進め」と示す。桂はごくりと唾を呑み込み、大きく頷いて先に立った。

導かれた先は郡山から西の峰続き、天神《てんじん》山の中腹であった。郡山城の構えより一町（一町は約一〇九メートル）ばかり低いだろうか。そこに至った頃には既に月が顔を見せていた。

桂はこちらを向いて、引き攣《つ》らんばかりに面持ちを緊張させた。

「着きましてござります」

天神山から南を見れば、一里の先に三塚山と青山がある。つまり尼子本陣の真正面なのだ。それればかりか、半里ほど西には宮崎長尾の陣を望む。尼子軍と対峙《たいじ》すると言うより、敵の只中《ただなか》と言う方が正しい。

やはり元就は、こちらの打つ手を見越していた。隆房は努めて胸を落ち着け、平らかに応じた。

「ご苦労。助かったぞ」

ようやく安堵《あんど》したのだろう、桂の顔が緩んだ。そこへ向けて言う。

「戦は近い。其許《そこもと》、城へ戻って元就殿がどう攻めるかを聞いて参れ」

「はっ」

桂はまたも張り詰めた顔になり、すぐに城を指して戻った。

いざ一戦に及ばんとする陣ゆえ、支度は簡易に済ませた。本陣の陣幕を張り、旗印や馬印を掲げるのみである。端武者《はむしゃ》や足軽は山中に屯させ、焚き火で暖を取らせた。

明けて十二日、昨日の案内に立った桂元澄が再び訪れた。隆房の右手筆頭には大内家老・内藤興盛、次席には大内評定衆の弘中隆包《ひろなかたかかね》と江良房栄が座った。左手には陶家臣の宮川房長と末富志摩守《すえとみしまのかみ》が座る。これらの将に囲まれ、桂は隆房の床机から一間を隔てて発した。

「主君・元就は宮崎長尾の陣を三ヵ所から攻め立てると申しております る」

隆房は頷いて桂を手招きし、自らの右脇の台に広げられた地図を指し示す。

「三方とは、どちらからだ」

「先手はこの天神山の裏を進み、東から。残る二手は北東から進み、敵の脇腹と背後を脅かします。陶様に於《お》かれましては、尼子本隊に攻め掛かり、宮崎長尾への増援ができぬよう押さえ込んで欲しいとのこと」

隆房は「ふふ」と笑い、左手の次席に座する末富志摩守に向いた。

「末富。郡山城に出向き、我が書状を元就殿にお渡しせよ」

そして、昨晩のうちにしたためておいた書状を具足の胸から取り出した。桂と末富は揃って郡山城へ向かった。

末富が戻ったのは同日の夕刻である。明日の朝一番で仕掛けるゆえ、頃合を計られたし――元就からの短い言伝《ことづて》だけを携えていた。

戦を明朝に控えた軍陣の眠りは浅い。既に気の萎えきった尼子軍が夜討ちを仕掛けてくるとは考え難《にく》いが、誰もが少しまどろむ程度で朝を迎えた。

東の空がじわりと明るくなる頃、朝餉《あさげ》の湯漬けを流し込んでその時を待つ。日は未だ短く、朝日が顔を出したのは明け六つ半（七時）より半刻ほど前であった。

一条の光が陣幕を照らし、隆房の左の頬に影を作る。陣幕の内外を問わず気勢が高まる。目前に迫った戦を待ち、空気が小刻みに震えるようであった。

今か。いつだ。

思う中、天神山の右後方に法螺貝の音が鳴り響いた。毛利の先鋒、徒歩兵の足音が静かな地鳴りの如く耳に届く。

隆房は傍らにある内藤を向いて小さく頷いた。内藤が頷き返し、床机を立つ。そして陣幕の外に出ると大音声を発した。

「進めい」

腹の底からの低い声が山中を渡る。応じて、南の山裾に陣取った兵が足音を立て始めた。

宮崎長尾には概ね八千の敵兵が入っているため、毛利勢は総攻めの体である。対して大内が仕掛ける尼子本隊は二万二千、土取場のなだらかな地に陣を布《し》いているが、青山と三塚山の狭間だけに両脇が狭く、一度に多くの兵を前に出せない。これを牽制《けんせい》し、封じ込めるのに多くの兵は不要である。隆房が動かしたのは猛将・江良房栄と兵二千の先鋒のみだった。

右手遠くから干戈《かんか》の交わる喧騒が届き、前方遠くに兵の喚声が響く。内藤が陣幕に戻って自らの床机に腰を下ろした。

「これでよろしいのですか。元就殿を助けて宮崎長尾を落とすのみでは、陶殿が仰せられた『完膚なきまで』には程遠いが」

隆房は眼差《まなざ》しだけを流し、落ち着いた声音で返した。

「まずは様子を見なければ。毛利が潰《つぶ》れてしまえば、尼子を叩いたとて何にもなりますまい」

安芸で尼子と争うに於いて、北東の国境に近い郡山城は大内方の最前線である。再び尼子の侵攻を食い止め、安芸に大内の力を根付かせるため、毛利の生き残りは是非とも必要なのだ。

内藤は無言で頷いた。戦場の喧騒の中、大内軍の本陣に沈黙の時が訪れた。

戦端が開かれて一時ほどか、右手遠くに歓声が上がった。毛利の戦に何らかの動きがあったらしい。内藤が厳しい面持ちでそちらを向き、しばしの後に顔を前に戻した。

半刻ほどすると、陣幕の入り口に伝令が至った。息せき切って駆け込んだ様は、雪山に足を取られながら駆け上がって来たゆえだろう。

「申し上げます。毛利勢、敵先鋒《せんぽう》・高尾久友《たかおひさとも》を討ち取った由にござります。高尾の二千は逃げ散りました」

内藤が立ち上がり、大きく「よし」と声を張った。隆房は内藤と伝令の双方に頷き、なお戦況を細かく報《しら》せるように命じた。

宮崎長尾の先鋒を叩いた後、右手の騒ぎはさらに大きくなった。鬨の声、勇ましい雄叫び、絶叫、悲鳴、そうしたものが乱れ飛ぶ。どうやら毛利の別隊が戦場に雪崩れ込んだらしい。さらに半時ほどすると、尼子の中陣も蹴散らされたと一報が入った。

「敵将・黒正久澄《くろまさひさずみ》、山に紛れて逃げたとのこと」

ここに至って、隆房はようやく腰を上げた。

「我らの先鋒は」

「はっ。敵と斬り結び、一進一退にて。敵味方とも手傷を負う者はあれど、討ち死には数えるほどにござります」

隆房は目を吊《つ》り上げて声を荒らげた。

「そうではない。尼子本陣を封じ込めているのかどうかだ」

峻烈《しゅんれつ》な怒声を浴びて伝令は縮み上がり、頭を雪に埋めんばかりに平伏した。

「も……申し訳ござりませぬ。敵、宮崎長尾には兵を動かせぬようです。全ては江良様の武勇の賜物《たまもの》かと」

恐縮した声音の後半を聞き流し、隆房は内藤に向いた。

「時が来ましたぞ。今こそ尼子を叩き潰すべし」

内藤が立ち上がる。あまりの勢いに、今まで腰掛けていた床机が後ろに倒れた。

「如何様になされる」

「それがし、弘中の兵三千を率いて不意打ちを仕掛けに参る所存。内藤殿に本陣をお任せいたしますゆえ、我が動きを悟られぬよう、敵正面の攻めを強めてくだされ」

「承知した」

内藤の眼差しに頷き返し、隆房は陣幕を出た。

「馬曳《ひ》けい！」

荒ぶる下知に応じ、すぐに宮川房長と馬廻衆《うままわり》が手綱を曳いて参じた。隆房はひらりと跨《また》がると、右翼、西に向いた緩やかな雪の山肌を一町半ほど駆け抜けた。そこには弘中隆包の一隊、三千の兵が屯して宮崎長尾の戦いを注視していた。

「弘中、出るぞ。手勢を率いて付いて参れ」

しかし弘中は「はて」と怪訝な顔を見せた。

「我らは敵本陣を抑えるのでは？」

「それだけで終わらせて、御屋形様の面目が立つものか。わしらで尼子の本陣を叩くのだ」

弘中は当年取って二十一、隆房と同い年の若武者である。しかも元服は実に早く、何と九歳にして安芸の松尾《まつお》城を落とすほどの功績を挙げていた。それだけに、陶家を継いで日の浅いこちらを侮っているらしかった。

「せっかく毛利勢が押しておるのですぞ。宮崎長尾の後詰に出向き、勝ちを磐石《ばんじゃく》にする方が良うござろう。それに、大将が軽々しく動くものではない。貴殿の麗しい顔に傷など付いては、御屋形様が嘆きましょう」

最後の言葉は何とも嫌な響きを湛えていた。隆房は眉ひとつ動かさずに聞き、さっと下馬すると、つかつかと歩を進め――。

弘中の兜《かぶと》の尾を摑《つか》み、ぐいと手前に引いた。

「大将への物言いに非《あら》ず。下知に従わぬとあらば」

戦の後、きっと主君に言上して成敗してくれる。その気迫を込めて睨《にら》み付けると、弘中は憤懣《ふんまん》やる方ないという面持ちで「承知仕った」と吐き捨てた。

「殿。これでは、あまりに」

大将と上将の諍《いさか》いに、宮川が苦言を呈する。隆房は振り向きもせずに弘中の兜から手を離し、荒々しく言い放った。

「弘中よ。其方《そのほう》にも手柄をくれてやる」

渋々という風な弘中を連れ、隆房は天神山から郡山の北側へと進んだ。そこは山の陰となり、尼子本陣の目に付かない。雪道、しかも山間の道とあって時はかかったが、半時足らずで一里半ほどを進み、郡山城の東を北流する江の川に行き当たった。

「川を渡り、向かいの住吉山に紛れ込む」

号令すると、率先して川へと馬を進めた。この辺りは川幅が狭く浅い。三千の全てがすぐに渡り果せて対岸に至り、山裾の木立に入った。そのまま四里ほど雪道を進み、川に沿って南西に向かうと、川がまた細くなっている辺りに出た。日の傾きからして昼九つ半（十三時）を回っているらしい。あと二時半もして暮六つ（十八時）になれば日は沈んでしまうだろう。

隆房は兵に向けて大声を上げた。

「ここからは走れ。胸が潰れるほどに走って走り抜くのだ」

指し示す川向こうには山がある。青山――尼子本陣の裏側であった。

「敵の背から不意打ちを喰らわせる。皆々、心して大将・尼子詮久《あきひさ》が首を目指すべし。大内家がさらに高みに登るか否か、この一戦に懸かっておるのだ」

発すると、先に渡河した時と同じく先頭に立って進んだ。土取場にある尼子本陣は裏側も緩やかな坂である。その頂に翻るは「平四つ目結《ゆい》」の旗、これこそ敵大将の在所だった。

「掛かれ！」

号令一下、雄叫びを上げて兵が疾駆する。雪に足を取られながらも、三千が一団となって猛然たる勢いを見せた。さもあろう、そこに敵の大将がいる。しかも山陰の雄・尼子の当主なのだ。討ち取れば褒美も栄達も思いのままであった。

兵の喚《わめ》き声が届いたのだろう、坂の上の動きが急に慌しくなった。

しかし狭い窪地に布いた陣ゆえ、背後に兵を回すのに手間取っている。ようやく五、六十の人影が見えた頃、隆房率いる大内軍は敵本陣まで二町というところまで迫っていた。

やっと陣の裏手に回った敵兵は、瞬く間に大内軍に飲み込まれた。

「槍、掲げい。当たれ！」

当初は嫌々ながら付き従っていた弘中も、この段に及ぶと猛然と馬を飛ばし、盛んに下知を飛ばしていた。それに応じ、味方の兵がわらわらと群れ集う塊がいくつもできた。敵兵を囲み、組み伏せて討ち取っているのだ。

尼子本陣は蜂の巣を突《つつ》いたような騒ぎになっていた。まさに前後不覚、隆房の急襲に応じようとして走り回り、しかしどう動いて良いのか分からぬ有様で、あちこちで武者や足軽がぶつかり合い、転げている。そこに大内の兵が群がり、飢えた獣の如く蹂躙《じゅうりん》していく。

白い雪をそこかしこで赤く染めながら、ついに大内の兵は敵陣に至った。

足軽の長槍が陣幕を叩き、四隅の柱を倒す。開けた視界の向こうでは、黒糸縅《くろいとおどし》の皺革《しぼかわ》具足が兵の群れに飛び込もうとしていた。草摺《くさずり》や袖《そで》の鎧板《よろいいた》がいかにも古めかしく、尼子氏の祖・佐々木《ささき》氏から伝わるものだと分かった。

「あれ見よ。詮久ぞ」

弘中の声が、兵の喚き声を叩き割った。途端、皆がそこを指して殺到する。百年以上前の代物であろう古具足は、すぐに人波に呑まれて見えなくなった。

大将の在所が壊滅した軍に、もう戦う力はなかった。敵兵、敵将とも先を争って逃げ、ある者は土取場の坂を転げ落ち、別の者は一目散に三塚山の木立へと走ってゆく。戦うことわずか一時余り、日没を待たずに尼子本陣は蹴散らされた。

「陶殿。隆房殿！」

未だ兵のざわめきが収まらぬ中、隆房の馬前に弘中が駆け付けた。そして雪の上に胡坐《あぐら》をかくと、作法に則《のっと》って深々と頭を下げた。

「まことに申し訳次第もござらなんだ。それがし、これまでの武功に驕《おご》り、貴殿を侮っており申した。これほどの戦……完膚なきまでの戦勝とは、まさにこのことにござる」

隆房の顔に穏やかな笑みが戻った。

「良い」

「いいえ。それがし、あと一歩で詮久が首を挙げんというところまで迫りながら、敵将に阻まれて討ち漏らしました。戦の前の無礼と併せ、如何なる罰をも受ける所存です。どうかご存分に成敗してくだされ」

「良いと言うておる。詮久を討ち取れなかったのは無念であるが」

隆房は馬を下りると、弘中の前に進んで腰を屈《かが》め、肩をぽんと叩いた。

「これからも、わしに力を貸してくれよ。何ごとも御屋形様のため、大内のためなのだ。其許の武勇があれば百人力ぞ」

「は……はっ」

弘中はいったん顔を上げ、両の目から涙をひと粒ずつ落として、また頭を垂れた。

*

隆房が大勝を収めた一方、元就は宮崎長尾を落とせぬまま、日没を迎えて兵を退いた。尼子軍の後詰、吉川興経《きっかわおきつね》が頑強に抵抗したためである。もっとも総大将・尼子詮久が敗走しているとあって、吉川も夜に紛れて逃走していた。尼子全軍が撤退したことで、安芸吉田の地は落ち着きを取り戻そうとしていた。

夜半、日が一月十四日に変わらんという頃、隆房は郡山城にあった。元就の招きに応じたものである。

案内の小姓に導かれ、供の宮川房長を従えて本丸館の広間に至る。

城主の座にあるのは四十路の男だった。向かって左手には見知った顔――昨年中頃まで人質として山口にあった毛利隆元《たかもと》が座し、右手にはひとりの少年が侍している。これも元就の子だろうか。歳は十二、三と見える。

隆房は広間の中央に進んで腰を下ろし、宮川が右後ろに控えるのを待って一礼した。

「大内大宰大弐《だざいのだいに》が家老、陶尾張守《おわりのかみ》隆房にござる」

「毛利右馬頭《うまのかみ》元就にござる」

渋く割れた声を聞き、頭を上げる。

「隆元はお見知り置きかと存じますが、それがしは初めて貴殿のお目にかかります。此度《こたび》は援軍の儀、まことに有難き次第にござりました」

頭を垂れたまま発する元就に向け、隆房は少し声を張って応じた。

「面を上げられよ」

大内の家老筆頭ゆえ、立場はこちらが上である。元就は平伏の体を今少し深くしてから顔を上げた。頬と顎に蓄えた癖のある鬚《ひげ》が、半分ほど白い。眉の辺りがやや前に迫《せ》り出して奥まった目には、一筋縄ではいかぬものを思わせる光があった。不敵、その一語に尽きる。

「隆房殿のお父上、興房《おきふさ》殿にはひとかたならぬご高配を賜ったものです。今こうして貴殿と共に戦えたこと、誇りに思いまする」

隆房は「うむ」と頷く。自らの態度が尊大に過ぎるかと思い、笑みを作ろうとした。

だが――。

「それにしても、噂に違《たが》わぬ美丈夫であられますな」

元就のこの言葉で、綻《ほころ》びかけた面相が一気に強張《こわば》った。

「美醜など槍働きに何の関わりがあろうか。それがしは、ただ大内の力を以《もっ》て西国に平穏をもたらさんとするのみ。無駄な軽口は慎んでいただこう」

発してから「しまった」と悔いた。元就の面持ちが全く変わらぬことに、逆に決まりの悪さを覚える。眼差しを逸《そ》らして咳払《せきばら》いをした。右後ろに控えた宮川が「殿」と囁《ささや》いて寄越す。ちらりと肩越しに目を流し、言われずとも分かっていると示した。

隆房は美麗な風貌《ふうぼう》を擁しているが、それを言われることを何よりも嫌った。男女問わず美しい者を好む主君・大内義隆に、六年前まで寵《ちよう》童《どう》——男妾《おとこめかけ》のような立場で仕えていたからだ。

寵童だったことが嫌なのではない。隆房とて主君を慕っている。それに、主君が麾下《きか》の男を抱くのは世の習いなのだ。寵愛する家臣に情けをかけ、相互の結び付きを強める一面がある。抱かれる側としても、それによって揺るぎない信を示されるのだから名誉なことだった。

だが、若くして家中に権勢を振るう身に「寵のみの男」という陰口があるのは知っていた。それにうんざりしているがゆえ、つい怒気を発してしまったのだ。

元就の傍らに侍する隆元が、身を乗り出すようにして発した。

「陶様、どうか――」

堪《こら》えてくれ、或《あ》るいは許してくれと言うつもりだったのだろう。だが主座の元就が「待て」と制し、頭を下げるのが目に入った。隆房は背けていた顔を前に向け直した。

「お気に障る物言い、このとおりお許しくだされ。それがしは隆房殿の見事な用兵を耳にして、感服仕っていたのです。お会いできると決まって、胸躍らせておりましたゆえ」

そう言いつつも、元就の眼差しは先からの不敵なものを強くしていた。

見られている。己はこの男に器を測られているのだ。非礼な話だが、不思議と怒る気になれない。

隆房は「ふう」と息を吐き、気を落ち着けて返した。

「つまらぬことで腹を立てた。許されよ」

軽く頭を下げる。隆元と、もうひとり侍している少年が安堵の息をついた。背後の宮川も同じような気配を発している。だが元就だけは、露ほども気配を変えずに「いいえ」と応じた。

「見た目をお誉めすればお喜びいただける、人の心は左様なものだと、それがしは浅く考えており申した。齢四十五にして未だ学ぶことは多いようです」

顔つきも変わっていない。だが感じる。元就はむしろ己に対して興味を増したようだ。

「お怒りを頂戴《ちょうだい》し、逆に貴殿の武士としての矜持《きょうじ》を知った思いがいたします。なればこそ、此度の戦にも得心がいき申した。敵本陣を封じ込めるのみならず、大将まで蹴散らしたるは、貴殿の如く常に高みを目指しておられねば、できぬことです。それに引き換え我らは詰めが甘《あま》うござった。恥じ入るばかりにござる」

広間の空気は既に軽い。ただし、己と元就の間を除いてだ。元就の賛辞を額面どおりに受け取ることはできない。

良かろう。そちらが己を測らんとするなら、こちらも品定めをさせてもらうまで。まずは探りを入れるべく、隆房も相手を讃《たた》えてみせた。

「何を申される。ご辺らは二千四百の寡兵で宮崎長尾の八千に立ち向かった。まさに奮戦ぞ」

「それがしに非ず、ここな倅《せがれ》の功にござる」

元就の左手が伸び、傍らの少年を示した。

「毛利少輔次郎《しょうじろう》にござります。お見知り置きを。それがし陶様の采配に感服仕りました」

深く頭を垂れつつ、顔だけはこちらを見ている。今日の戦——或いはこの隆房に目通りしたことで気が高ぶっているのが、ありありと分かった。少輔次郎は兄の隆元に似て利発そうで、かつ武骨な面構えには豪胆なものを思わせる。良い将になるだろう。隆房は少年に微笑んでやり、その笑顔のまま元就に向き直った。

「実に頼もしいご子息たちである。これからの安芸に於いて、毛利家は一層の力を持つことになろう。願わくは」

面持ちを厳しく、挑む思いで続けた。

「毛利家がこの先も大内に従い続けんことを」

これがどういうことか分からぬほどの蒙昧《もうまい》ではなかろう。大内に従うならば力を与えるように計らってやる。しかし、背くと言うのなら――。

元就は「ふむ」と思案顔を見せ、ひと呼吸の後に返した。

「いくつか、お聞きしとう存ずる」

「何なりと」

「今日の戦、貴殿はいつから不意打ちを考えておられたのです」

「この地に着いた日の晩……。年が明けたら共に攻めようと、ご辺から誘いを受けたその時に」

元就の目が、確信、という強いものを孕《はら》んだ。

「然らば先月の十一日に、我らにひと当たり攻め掛かるべしとお命じになったのも……敵の退路を絶つためではないと？」

二人の間の空気が淀《よど》んだ。嫌な淀みではない。むしろ何かを生み出す混沌《こんとん》といったものであった。今度は隆房が不敵な笑みを湛えた。

「ご辺が続けて攻めるかどうか、それ次第と思うておった」

すると元就は、くすくすと笑った。笑い声は次第に大きくなり、やがて腹の底からの愉快そうな哄笑《こうしょう》へと変わる。

「いや、これは参り申した。貴殿は既に、お父上を超えんとしておられる。戦場の呼吸を計り、人の心を読み、敵の虚を衝《つ》く……その若さで用兵の妙を会得なされているとは」

元就の面から不敵なものが拭《ぬぐ》われた。自らの仕掛けた諸々《もろもろ》をこちらが正しく読み取っていたと知り、大内軍が年明けまで無為に時を過ごしていたのではなかったことを確かめ、己を——陶隆房を認めるに至ったのだ。

元より隆房も元就を認めている。命をやり取りする戦場、極限の場で人の心がどう動き、どう操れるのかを知り抜いた男だと。ここに至り、二人の間の混沌は確かな高揚を生んだ。

隆房は力の籠もった笑みで応じた。

「いやさ、こちらこそ恐れ入った。援軍に参じて一ヵ月、元就殿の打つ手は悉《ことごと》く道理に適《かな》っておった。それがしの不意打ちが功を奏したるは、ご辺が作ってくれた下地のお陰と存ずる」

しばし眼差しを交わす。元就は無言の時を味わうように何度も頷き、やがて身を乗り出して真剣そのものの顔で問うた。

「今ひとつ、お伺いしてよろしいか。貴殿は先に、西国に平穏をもたらさん……と仰せになられましたな。西国が平穏となった後は、如何《いかが》なさるおつもりでしょうや」

隆房は軽く息を吸い込み、呼吸半分ほどの間を置いて答えた。

「それがしは家老筆頭ゆえ、まず大内を栄えさせることを第一に思わねばなり申さぬ。然《さ》りとて大内は大国、ただ己《おの》が身ばかりを思うていて良いはずがない」

述べるほどに元就の顔が紅潮していく。そこへ、なお思いの丈を明らかにした。

「西国を束ねた暁には京に上り、公方《くぼう》様をお援《たす》けせん。さすれば大内は天下の権を握り、この国の隅々まで、西国と同じ安寧を行き渡らせることができよう」

　このひと言で元就は息を呑み、呟くように発した。

「天下を……見据えておられますのか。それがしには思いも寄らぬこと」

「大内は鎌倉府の昔から続く名家にして西国の雄、不足はあるまい。それがしが槍を振るうは、義隆公の下、明日のこの国に隆盛をもたらすためである」

　主君・大内義隆に逆らう者は許さぬ——突き詰めればそれは、大内の力で世を統べるということであった。これが成った時に戦乱は終わり、世のありようは改められる。

全てを話し終えると、元就は腰を曲げて両手の拳を床に突いた。顔はこちらに向いている。熱っぽい眼差しであった。

「何と真っすぐな思いを抱いておられることか。この元就、感じ入り申した。毛利はこれまで、自らの益になるなら手段を選ばずにきた。然りとて、全ては戦乱の果てにあるものを求めてのこと。なればこそ、大内家に隆房殿がある限り再び向背を違えぬと誓いましょう」

「よろしくお頼みする。ひいてはそれが毛利家のためにもなろう」

隆房の胸にも、かつて覚えたことのない喜びがあった。

家老筆頭・陶隆房は齢二十一、安芸国衆・毛利元就は四十五である。歳は親子ほどに離れ、大内家中での立場にも大きな開きがあった。だが互いを認め合った今、二人の交わりはそうした違いを越えた。盟友

――そう呼ぶに相応《ふさわ》しかった。

二・大内激震

大内と尼子、大国二つの争いは未だ決着を見ていない。だが吉田郡山城の戦いで尼子軍が大敗を喫してから、安芸の国情は大内に傾いていた。

まず四月五日には当主・大内義隆自ら尼子方の桜尾《さくらお》城を攻め落とした。瀬戸内、厳島《いつくしま》の北対岸の城である。これによって周防東端、弘中隆包が領する岩国《いわくに》から安芸に入る道を押さえた。

五月には同じ佐伯郡の東部、太田《おおた》川沿いの銀山《かなやま》城を陥落させた。尼子の支援を受けられなくなった城を落とすのは、大内の力を以てすれば容易《たやす》いことであった。これらの戦果を背景に調略も進め、尼子方の安芸国衆を相次いで寝返らせた。

安芸が大内一色に塗り替えられんとする中、極めて有意な報せが舞い込んできた。天文十年十一月十三日、「謀聖」と称され恐れられた尼子の先代・経久《つねひさ》が齢八十四で没したという。

「今こそ好機、兵を挙げて出雲に攻め入り、尼子の本拠を叩くべしと存じます」

周防国山口、大内家居館・築山館《つきやまやかた》の広間で隆房は声を張った。主君・大内義隆の右手筆頭に座している。隆房の下座には内藤興盛、その向こうに杉伯耆守重矩《しげのり》の三家老が並び、次いで石見守護代の問田隆盛《といだたかもり》がいる。正面、義隆の左手筆頭には相良武任《さがらたけとう》、次いで冷泉隆豊《れいぜいたかとよ》、弘中隆包の順に座を取っていた。各々の列にはさらに数名、評定衆が一堂に会している。

隆房の言に続き、内藤がゆったりと発した。

「いかにも、尼子家中が乱れておるのは必定にござる。この機に乗じて兵を出さば、出雲国衆にも我らに味方する者が出て来ましょう」

隆房と内藤が異口同音に言うと、主座の義隆は「うん、うん」と聞いていた。穏やかな眉と吊り気味の目元、胴の太い鼻筋、整った顔はぴくりとも動かない。

その様子を見て相良が吼《ほ》えた。

「陶殿、内藤殿、お待ちあれ。御屋形様に於かれては去る八月まで銀山城に留《とど》まられ、尼子方を睨んでおられたのだ。そのお疲れも癒《い》えぬ中、戦ばかり続けて何とする」

色白の細面に鈴を張ったような目、一見して貴婦人と見紛《みまが》うばかりの端麗な顔を厳しく固めていた。

「お二方とも、郡山での戦いに味をしめておるようだ。勝敗は兵家の常という言葉をご存知ないらしい。あの時とて尼子は三万、こちらは毛利まで合わせて一万二千ほどであった。運良く勝ったからと言って尼子の力を侮るとは、家老の物言いとも思えぬ」

胸を張って、ずけずけと言う。隆房は目尻《めじり》をぴくりと動かして大きく息を吸い込んだ。

「黙れ。右筆《ゆうひつ》風情に戦の何が分かるものか」

腹の底からの大喝に寸時の驚きを見せつつも、相良はすぐに薄笑いを浮かべた。

「お言葉を返すようだが、戦がどれほど銭を食うものかお分かりか。あ……いや、これは失敬した。分国の政《まつりごと》など全て小守護代に任せきっておるのだったな」

大内家では周防・長門・豊前・筑前・石見の各分国を、各重臣家が守護代として治めている。もっとも筑前守護代の杉豊後守家を除き、他は周防山口に居住する決まりとなっており、国の差配は小守護代に任せることが通例となっていた。陶家は大内本国・周防の守護代を務めているものの、やはり他と同様、領国差配は小守護代に任せている。

しかし、だから政が分からぬだろうというのは許し難い侮蔑《ぶべつ》である。

隆房は勢い良く右膝を立てて小袖の懐に右手を入れた。

「おのれ坊主上がりめ。言わせておけば図に乗りおって。そこへ直れ」

一触即発の事態となった。しかし隣の内藤に右腕をがっちりと掴まれたがゆえ、隆房が懐剣を抜くことはなかった。

「陶殿、お控え召されい。御屋形様の御前にござる」

制されて何とか踏み止まり、隆房は歯軋《はぎし》りしつつ腰を下ろした。目を主君に向けると、いくらか沈んだような思案顔であった。

「武任、其方は如何すれば良いと考えておる」

義隆に問われ、相良は得意満面で発した。

「大したことをせずとも良いのです。まあ……内藤殿が申されたとおり、確かに今、尼子家中は乱れきっておりましょうな。然らば調略で何とでもなりましょう。出雲国衆を切り崩し、その者たちの手で尼子を攻めれば良いのです」

聞きながら、隆房は腸《はらわた》の煮えくり返る思いであった。

相良家は先代・正任《ただとう》の代から大内に仕えた新参である。武任は優れた文人であり、能筆でもあるが、武芸に劣るため弟に家督を任せて僧門に入っていた。しかしこの弟が大内一門の勝屋氏を相続したため、還俗《げんぞく》している。齢四十四、老齢を間近に控えた身ながら容姿に優れ、美男美女を好む義隆の寵臣となった。以後、評定衆に名を連ねている。

(見てくれだけの愚か者め。御屋形様の寵を笠に着おって)

思いつつ、それを弾《はじ》けさせぬよう、隆房はずっと自らの腿《もも》を抓《つね》り上げていた。

姿形という点では隆房も優れている。ゆえに、かつては義隆の寵童だった。だが今は陶の家督を継ぎ、戦と領国の統治で実を上げんという身である。隆房が容姿云々《うんぬん》の話を嫌うのは、相良武任という男への反発ゆえでもあった。

相良はなお滔々《とうとう》と語る。

「御屋形様に於かれましては山口で歌など詠まれ、まずはお心を落ち着けなされるがよろしいかと。戦は後々、尼子が弱ったところを一気に滅ぼせば良いのです。さすれば無駄に財を使うことなく火種を潰せるものと存じます」

聞き終えて、義隆は右手の三家老を向いた。

「どうであろう」

「言語道断にござる」

隆房は即座に返した。今まで我慢して聞いていたせいか、語気は戦場にあるが如く荒い。

「歌を詠んで落ち着けとは、戯《たわ》けの物言いにて。そも大内は代々が尚《しよう》武《ぶ》の家柄、武功を以て西国を平らげ、安んじてきたものにござる。芸道も良し、歌もまた良し。されどそれは嗜《たしな》みの一に過ぎず。飽くまで武家の本義を忘れてはなり申しませぬ」

義隆に摑み掛からんばかりの勢いで、一気に捲《まく》し立てる。この態度が気に入らなかったか、内藤の向こうに座る杉重矩が呆れたように溜息をついた。

「陶殿の申しようはもっともなれど、それと尼子への対処をひと絡げにするのは如何なものか。貴公は一月の戦功で、いささか天狗《てんぐ》になっておるものと見受ける」

「何を申される。そも杉殿は、ここな右筆の申しよう……出雲国衆に戦をさせれば良いなどという甘い考えを是とされるのか」

言い放ち、隆房は毛利元就を思った。あれほどの器量人でさえ、尼子の大軍に包囲されて窮地に陥ったのだ。仮に出雲国衆の調略が成ったとて、任せきりにするのは危うい。

苦い面持ちを見せた杉に向け、隆房はなお挑むように続けた。

「いかにも戦を知らぬ者の策にござろう。斯様なものを良しとするなら、貴公とて――」

「待たれよ」

穏やかな声音が遮った。隆房と杉の間に座る内藤である。こちらに向けられた眼差しが「その先を言ってはならぬ」と語っていた。

「任せきりにするのは危のうござるが、調略には良い機会でしょう」

「それは……」

またも内藤に宥《なだ》められ、隆房は言葉を濁して俯いた。その際、正面に座る面々の顔が目に入った。相良は人を馬鹿にした笑みを浮かべ続け、隣の冷泉は苦虫を噛み潰したような顔を見せていた。弘中は息苦しそうに瞑目《めいもく》している。

その弘中が、薄く目を開けて発した。

「決を採られては如何かと」

険悪な空気が少しだけ和らいだ。それに安堵したように、問田隆盛が「良いのではないか」と応じた。

「それがしの石見は国衆の向背も定かならず。御屋形様直々のご出馬で尼子を平らげてくだされば、これらも心を安んじて大内への忠節を励むことになろうかと。然りとて、戦が銭食い虫であるというのも分からぬではない。どうするのが良いか、それぞれ大内家のためを思うて胸の内を示し、決定には必ず従う。これで如何かと」

内藤と弘中、問田の言がなければ、この評定は収拾が付かなかったろう。隆房は大きく二度の呼吸をして胸を落ち着けると「然《しか》らば」と発した。

「家老筆頭として決を採る。尼子攻めの兵を出すべしと考える者は手を挙げい」

相良、冷泉らを除く大半が手を挙げた。隆房はやっと溜飲《りゅういん》を下げ、体ごと義隆に向き直った。

「御屋形様。評定衆はこのように決しましたぞ」

義隆は、いくらか嫌そうなものを目に映して返した。

「隆房、待て。調略はどうする」

「無用にござりましょう」

偉大な先代・尼子経久を失った動揺を衝いての調略は、確かに容易いだろう。だが一時の迷いを逆手に取るだけのものでしかない。時が過ぎて気が落ち着けば、出雲国衆は再び寝返るやも知れぬのだ。大内の泣き所にこそなれ、益にはならぬ。それが隆房の考えであった。

しかし義隆は大きく首を横に振った。

「ならぬ。それも決を採れ」

「はっ。然らば」

隆房は渋い面持ちを評定衆に向けた。

「調略を行なうべしと思う者は手を挙げい」

弘中を除き、出兵を是とした皆が手を挙げた。忌々しいものを覚えながら、義隆に顔を戻す。

「……斯様に決しました」

「よし。この決に従い、支度を進めよ」

義隆の気配から、ようやく嫌気が消えた。

*

大内家は西国の雄として、常に国の中心と関わり続けてきた。京から下向する使者も多く、戦乱の世に至っては、京の混乱から逃れて来た公卿《くぎょう》衆を庇護《ひご》してもいる。そうした交わりゆえであろう、累代の当主は武を尊ぶ一方で、都で嗜まれる芸道や学問を好んだ。

山口の町並も京を模した造りであった。東・北・西の三方が山、南に平野が開けるという四神相応の地勢が、まず京に似ている。大内の居館・築山館を中心とした町には、碁盤の目の如く大小の路地が引かれていた。それらの道とて、土を叩き固めただけのものではない。天候を問わず牛車《ぎっしゃ》が通れるよう、小砂利を厚く敷き詰めて水捌《みずは》けを良くしていた。

年明けの天文十一年（一五四二年）一月十一日、総勢一万五千の軍がその砂利道を進む。尼子征伐のため、出雲に遠征する兵であった。

徒歩兵が横に五人ずつ並び、整然とした長い列を作る。将が馬を進める周囲には各々の将旗と馬印、大内の四半旗が舞った。行軍のやや後ろには、ひと際大きい大内菱が翻る。義隆自らが総大将となり、馬上で威儀を正していた。三家老は主君を守るように馬を進めている。隆房は家老筆頭として義隆の正面を先導し、内藤と杉がそれぞれ左右を固めていた。

隆房の背後で義隆が発した。

「晴持《はるもち》よ。此度は大戦ぞ。おまえが手柄を挙げ、大内の世継ぎこれにありと示す好機じゃ」

「はい、父上。何人《なんぴと》にも後れを取らぬ覚悟にござりますれば」

応じたのは義隆の養子・晴持であった。

義隆には正室の貞子《さだこ》、側室の小槻《おつき》氏と二人の室があるが、実子がない。そこで十五年前、土佐《とさ》の一条《いちじょう》氏から子をもらい受けた。生母が義隆の姉であるという縁を頼んでのことだった。

晴持は当年取って十九歳の若者である。学問を好み、歌を良くし、また武芸に於いても抜きん出ている。さらに端整な面持ちの美男とあって義隆もこれを愛し、今や「実の子などいらぬ」とさえ公言していた。養嗣子ながら家中の期待を一身に集める身であった。

隆房の背に向け、晴持が声をかけた。

「隆房、其方もわしに力を貸してくれよ」

多才なだけでなく、下の者にも気を配ってくれる。隆房も晴持に期待するところは大きい。

「はっ。天地神明に誓いまして」

力強く返しつつ、思った。この戦には何としても勝たねばならぬ。

尼子征伐の一戦は、山陰を制する以上の意味を持つ。豊後の大友義鑑《おおともよしあき》や薩摩《さつま》の島津貴久《しまづたかひさ》など、九州の諸勢力に睨みを利かせる上でも重要なのだ。大内の武威、そして晴持という優れた跡継ぎの存在を示し、傘下に入る者を増やすべし。大内家による中国と九州の支配、戦乱の世に新しい秩序を築かねばならない。その思いで胸を張った。

大内軍一万五千は山口を出ると南進して防府《ほうふ》を指し、以後は海沿いに東を指した。

安芸に入って桜尾城を過ぎ、太田川に行き当たって渡河する。分流の猿猴《えんこう》川を下れば安芸国府《こくふ》城であった。出張《でばり》城とも呼ばれ、大内傘下の水軍衆・白井《しろい》氏の城である。ここでいったん休息を取りつつ、安芸国衆の参集を待つ。小高い丘の上の本郭に義隆・晴持父子が入り、隆房らの重臣は二之郭の館に居室を宛《あて》がわれた。

安芸国衆で真っ先に参じたのは、吉田郡山城の毛利元就・隆元父子であった。主座に義隆、その右手前に晴持が侍する。広間の左右に大内家の重臣が居並ぶ中、元就が口上を述べた。

「此度の尼子攻め、まこと道理に適った戦と存じ奉ります。我ら父子、郡山の二千四百から千八百を割き、急ぎ参じたものにござります」

義隆は満足そうに頷いて返した。

「大儀である。其方も尼子には含むところ多かろう。励めよ」

「はっ」

元就と、その後ろに控える隆元が揃って頭を下げた。

この日は元就の他にも、郡山城の戦いの後に調略した吉川興経らが参じた。それらの挨拶をひととおり受けた後、隆房は城を出て丘を下り、猿猴川を前に陣を張る元就を訪ねた。既に日は暮れていて、隆房が訪ねると酒と肴《さかな》が供された。

「お久しゅうございます。まずは一献」

元就の酌を受ける。ひと口を含むと、隆房も銚子を取って返杯した。

「此度の一戦、それがしは元就殿が頼りと思うておる」

「これはまた。隆房殿に加え、内藤殿、杉殿、三家老が揃っておられますのに」

元就は「はは」と軽く笑って返した。隆房は、いくらか渋い顔で応じた。

「兵を出すと決したのは良かったが、いらぬことを声高に申し立てる者がおってな。いささか、まずいことになっておる」

隆房は酒を舐《な》めながら、昨年末の評定を手短に語って聞かせた。元就は見る見るうちに顔を曇らせ、こちらの杯に二杯めの酌をした。

「調略をしながらの行軍ですか」

やはり、その危うさに思い至ったか。隆房は取り繕うように笑みを浮かべた。

「とは申せ、今を逃せば尼子を叩く機も遠退《とおの》くであろう。ゆえに元就殿を頼みにしていると言うた。評定の際には、どうか忌憚《きたん》なきところを申し述べて欲しい」

隆房はその後、三度杯を干して立ち去った。

大内軍は安芸国衆を加えて二万三千余に膨れ上がり、三月初めには安芸国府から八十里の北、石見国邑智《おおち》郡の二《ふた》ツ山《やま》城に入った。

ここを本陣と定めて石見国衆を迎え入れる傍ら、四月初め、隆房に城攻めが命じられた。二ツ山城の東四十里、赤穴《あかな》城である。石見・出雲・備後三国の境に位置し、尼子十旗に数えられる要害であった。山口を出て三ヵ月ほど、未だ一戦も交えず、味方が次々に増えていると あって兵の士気も軒昂《けんこう》である。隆房は勇躍し、大内の兵を千、元就以下の安芸国衆を二千従えて進軍した。

峡谷を流れる川に沿って東を指す。初夏の陽光の中、左右を塞《ふさ》ぐ山の中から鶯《うぐいす》の声が渡った。春先には不器用な鳴き方をしているものだが、この頃にはずいぶんと耳に心地良い。

「野伏せりもなしか」

節所《せっしょ》――通りにくい地での奇襲は戦の常道だが、伏兵がいるなら鳥は暢気《のんき》に声を立てたりしない。こちらの行軍とて、尼子方の物見に知られているはずなのだが。

三十間ほど前に馬を進める元就が、ちらと後ろを向いた。その目が「何かあるぞ」と語っている。隆房は小さく頷いた。

行軍すること二日後の昼前、ようやく節所を抜けて赤穴の盆地に出る。

「何だ、これは」

隆房以下は、一様に呆気《あつけ》に取られた顔となった。盆地のはずが、そこに広がるのは濁りを湛えた湖だった。どうやら赤穴城主・赤穴光清《みつきよ》が、盆地を北流する赤穴川を堰《せ》き止めて溢《あふ》れさせたらしい。東南対岸、城のある山までは凡《およ》そ三里、ここを渡って攻め掛かるのはひと苦労である。

元就が傍らに馬を進めた。

「どうなされます。渡るに難く、然りとて」

南方、城に間近い本谷山《ほんたにやま》の北尾根を見遣って言葉を継ぐ。

「向こうには野伏せりがいるでしょうな」

水を渡らんとすれば矢の雨に見舞われよう。かと言って、伏兵が手ぐずね引いて待っている方へ進むのも馬鹿げている。川を堰き止めているのは下流、北方に間違いない。そこを崩さんとすれば城を捨て置くことになり、背後が寒い。

「……渡るしかなかろう」

どうあっても、このまま攻める他はない。この戦で最も避けねばならぬのは、時をかけることである。吉田郡山城の戦いと同じく、干戈を支えつつの長陣は兵の意気を著しく損なうからだ。

元就も隆房と同じような渋面だが、この見立てには異存がないようで、二度頷いた後に大声を上げた。

「まずは陣を張れ。然る後、水を渡って城に仕掛けんという者はないか」

すると元就の家臣、熊谷直続《くまがいなおつぐ》が「我こそ」と応じた。

参陣したのは隆房以下、大内家評定衆・弘中隆包、安芸国衆・毛利元就、同じく吉川興経である。それぞれが麾下《きか》に三、四人の将を従えているが、このぐらいの陣を張るのにそう長い時はかからない。陣張りを終えて昼餉を取ると、熊谷が先手として水の中に踏み込んだ。

「見たところ、そう水嵩《みずかさ》はない。一気に渡れ」

二百ほどの兵を励まして一里も進む。水が胸の高さほどになると、地を蹴るようにして身を浮かせ、泳ぎ始めた。川を堰き止めた以上、最も深いのは元々の川筋と河原だけである。土手だった辺りに至ればこちらのものと、熊谷以下は黙々と向こう岸を指した。やがて兵たちは泳ぐのをやめ、腿から下だけを水に浸して走り始める。

だが城の山まであと半町という辺りで、先頭にあった兵たちが不意に水の中へ沈んだ。これを目に、隆房は臍《ほぞ》を噛んで呟いた。

「周到な……」

城に近い辺りが深く掘り下げられ、水中に落とし穴があるらしい。思う間もなく、山から無数の矢が飛び出した。急に深くなった水の中、動きの鈍い兵は恰好の的であった。

「元就殿、退かせよ。太鼓を」

隆房の下知に従い、元就は退き太鼓を打たせた。緒戦で失った兵は二十ほどだった。

この城を落とすには、まず水中の落とし穴を知る必要がある。翌日以降、隆房は城の周囲あちこちから何度も兵を出して探った。ところが穴の場所を摑んだ頃には梅雨時となり、水嵩そのものが大きく増していた。早々に落とさねばならぬ城を攻めあぐね、時だけが無情に流れた。

二ヵ月ほどが過ぎた六月七日、ついに将の討ち死にが出てしまった。城攻めの初日、真っ先に水を渡ると手を挙げた熊谷直続である。熊谷はその日、遠浅で身動きが取りやすい城の北西から兵を進めた。それを待ち受ける敵の矢は、いつにも増して多かった。

夜半、隆房は元就の陣幕を訪れた。元就は熊谷のために瞑目し、手を合わせていた。

「まことに申し訳ない仕儀となった」

声をかけると、元就はゆっくりと頭を振った。

「貴殿の咎《とが》では……。それがしとて城を落とす算段が立たぬのです」

隆房は、ふう、と長く息を吐いた。

「そのことだが。今日はやけに敵の矢が多かったと思われぬか」

「城の造りゆえにござりましょう」

赤穴城は山城で、峰に従って東西に長い。追手口《おうて》は西にあり、小さい郭がいくつも連なって備えが厚かった。対して北西から山を登れば、本郭のすぐ後ろに出られる。ゆえに多くの兵で守っているのだと言う。

隆房もそれは承知していた。だからこそ、考えたことがある。

「ここはひとつ、元就殿が得意とする攻め手を使おうと存ずる」

元就は少し首を傾《かし》げたものの、寸時の後に「おお」と目を丸くした。

「なるほど。兵を三手に分け、西から追手を、北西から搦手《からめて》を攻める」

　隆房は、にやりと笑って大きく頷いた。

「そう。そして残る一手は南の本谷山を睨みつつ、しばし森の中に息を潜める」

「……いけますな。森に潜む三陣は、下手をすれば野伏せりに見つかってしまうがゆえ、決死の兵となりましょうが」

　互いに厳しい眼差しを交わす。隆房は「案ずるな」と応じた。

「わしが三陣を率いる」

「いや、されど！」

「大内家を担う気概あらば、それしきのことで死にはせぬ。それよりも元就殿、本陣は弘中に任せ、日々の攻めはご辺に任せたい。引き受けてくれるか」

元就はしばし目を伏せ、沈思した。だが、やがて瞼を半開きに頷いた。

「そこまでのお覚悟あらば。ご武運を」

隆房は何も発せず、眼差しで「必ず勝つ」と語った。

二人は翌朝から新たな策を動かした。二千八百に減った兵から三百を率い、隆房は本谷山近くの森に入った。息を潜め、下手に動き回ることもできず、話すにしても必要な時だけ囁くように発しなければならぬ。胸を押し潰されそうな重苦しさの中、皆がただ待った。

一方の元就は、西と北西の二手から城を攻め立てた。激しい抵抗を受けながら、来る日も来る日も攻めては退き、退いては攻めを執拗《しつよう》に繰り返す。

そうして時は過ぎ、七月の二十七日となっていた。暦の上では秋を迎えたが、山中にあってすら未だに暑い。隆房は蚊に喰われた首筋を掻《か》きながら、ともすれば正気を失いそうになる心を必死で静めていた。己でさえ、こうなのだ。兵がおかしくならぬうちに、何とか――。

と、森の中に鳥の声が渡った。傍らにある宮川房長が、ほう、と嫌そうに溜息をついた。

「閑古鳥にござりますな。暢気な声で鳴くものです」

隆房は目を剝《む》いて、宮川の胸座《むなぐら》に手を遣った。宮川は驚いて口に手を当てた。喋《しゃべ》るな、と示されたと思ったのだろう。だが違う。隆房は目を血走らせて問うた。

「どこからだ」

「え？」

「どこから聞こえたかと問うておる」

そこへ、また鳴き声が届く。間違いない、南の本谷山からだ。かねて見越していた伏兵がいなくなった証《あかし》であった。

赤穴城は東西に長い。北から登って本郭の裏手に至るなら、山伝いの南からも背後を急襲できるのが道理だった。ただ、そちらは本谷山の伏兵が塞いでいる。元就の執拗な猛攻は、それを引き戻させるためであった。

隆房はすくと立ち、兵に向けて堂々と声を張った。

「皆の者、立て。これより本谷山を抜け、城の南から攻め上る」

死地に赴くのだと示されて、しかし兵たちは歓喜の顔で列を整え始めた。山に潜んで鬱々《うつうつ》と過ごす日々から解放されるがゆえだった。

隆房は先頭に立って山中を進んだが、思ったとおり、既に伏兵の姿はどこにもなかった。城の南西に至り、昼過ぎの日に照らされた山城を「見よ」と示す。赤穴城の構えの中ほど、中央の郭が半月を二つ並べたように窪んでいた。

「左の土塁の先に本郭がある。下知あり次第、一気に進むべし」

そして待つこと半時ほど、城の西と、その向こうの北西で今日も鬨の声が上がった。元就が動いたことを知り、隆房は声に熱を込めた。

「進め！」

号令に従い、三百の兵は一気に本谷山を駆け下りた。水を溢れさせた川もここなら幅が狭く、ひと息に渡ることができた。

赤穴城は山裾から二町足らずの高さである。三百はものの一刻で駆け登り、瞬く間に本郭の裏手に取り付いた。空気の淀みで、城方の動揺がはっきりと分かった。元就の二手に応ずるべく大半の兵を城から出したところ、思わぬ方から攻め立てられたからだろう。

「矢だ。射掛けよ！」

ひとりの将が土塁の上に立ち、必死に兵を鼓舞しつつ、登りきらんとする寄せ手に刀を振るっている。背に負う幟に「並び矢」の紋を翻らせる姿は、これこそ城主・赤穴光清であった。

「宮川！」

隆房の声に応じ、宮川が五十の弓兵と共に前に出た。そしてぎりぎりと引き絞り、斉射を喰らわせる。二度、三度、四度、射掛け続けるうち、誰の放ったものであろうか、一矢が赤穴の喉《のど》を貫いていた。赤穴は苦しそうに身をよじり、たたらを踏むようにして土塁の外へ落ちた。

「城方、開けぃ！　其方らの将・赤穴光清は討ち取った。門を開いて大内に降るべし」

隆房の大喝が山中にこだまする。何度も降を促していると、やがて城方は抵抗をやめた。

この日、赤穴城はついに陥落した。城攻めに掛かってから実に四ヵ月近くが過ぎていた。

*

赤穴城を落とした後、行軍は遅々として進まなくなった。調略に重きを置くよう、方針が変わったからであった。

国境第一の要害が落ちたとなれば、他の城は「赤穴が落ちたのなら」と考える。そこでひと当たりすれば、容易く降すことができたはずだ。元より大内は大軍である。この期に及んでは数の差がものを言うのは明白であった。

にも拘《かかわ》らず調略を先立たせた一番の理由は、やはり赤穴攻めに時をかけすぎたことだった。相良武任や冷泉隆豊ら、そもそもこの遠征に反対していた者たちは、これを以て「力のみで決するのは愚策」と申し立てている。隆房や元就は「今こそ一気に攻め進むべし」と主張するも、緒戦に手こずった不体裁ゆえ、最後には口を噤《つぐ》まざるを得なかった。

十月、大内軍は三刀屋《みとや》城主・三刀屋久扶《ひさすけ》を調略し、ここに本陣を移した。赤穴城から北東に四十里、並の行軍なら一日半の距離である。そして尼子の本拠・月山富田《がっさんとだ》城にも六十里ほどを残すのみであった。

ところが、ここに至ってなお大内軍は調略を重ねた。伯耆国衆・南《なん》条宗勝《じょうむねかつ》らが降ってきたのだから、それが奏功しなかったとは言えない。ただ、周防を発《た》ってから既に十ヵ月が過ぎ、兵には緩みが生じている。隆房らがそれを懸念して苛立《いらだ》つ中、大内軍は宍道《しんじ》湖岸の畦地《うねぢ》山に陣を移して越年した。

天文十二年（一五四三年）の一月半ば、弘中隆包が陣所を訪ねて来た。この猛将にして、一年に亘《わた》る長陣に疲れているのだろう。頬がこけ始めていた。

隆房は、自らのものとは別に床机を出して勧めた。弘中は体が重そうに腰を下ろした。

「昨今、兵共が言うことを聞きませぬ」

この男らしくない弱音である。どうしたのかと訊《たず》ねると、言い難そうに漏らした。

「悪口、雑言……まあ、御屋形様への陰口ですな」

「不敬千万ではないか。其方、それを見過ごしておるのか」

「左様なことはござらぬ。何度口を酸《す》くして叱り付けたことか」

それでも止まらぬ。大内の軍兵はそれほどに緩み、戦に飽いている。

「手打ちに……。いや……」

隆房は頭を振り、自らの言葉を否定した。見せしめのために不満の強い者を斬り捨てる手もあるが、今そのようなことをすれば、もう兵は使い物にならなくなる。

「かくなる上は、進むか退くか、断を下さねばなりますまい。陶殿から評定を開くように具申していただければ、御屋形様はお聞き入れくださるはず」

弘中の言葉に、仏頂面で「ふむ」と応じた。

「元より憂えていたところぞ。すぐに掛け合おう」

言い残して陣幕を出た。弘中も共に外に出て「お頼み申す」と頭を下げ、立ち去った。

今の状況を思えば、退くのもひとつの手ではある。しかし、と隆房は思った。一年の長きに亘って遠征を敢行した上は、何としても進まねばならぬ。

出雲や伯耆の国衆を調略するに当たっては、本領安堵を申し渡している。戦に駆り出すために地力を温存させているのだ。それらの者は、大内の大軍に恐れを生して降ったに過ぎない。半端なところで兵を退けば、再び尼子方に戻ってしまうだろう。結果、大内家は何ひとつ得るものがないばかりか、再び尼子を攻める際には初めからやり直しとなる。

無駄に財を費やしただけで終わらせてはならぬ。それを胸に抱いて強硬に評定を迫ると、義隆は気迫に押され、言われるままに承諾した。

三日後、軍評定が開かれた。義隆の陣所には大内家臣と各地の国衆、総勢三十余名が参集していた。

「山口を出て一年、我らが行軍も尼子の本拠・富田城まで三十里を残すのみ。今こそ一気に攻め寄せて討ち滅ぼす好機にござりますぞ」

隆房が声を上げると、義隆が「うむ」と頷いた。思案顔である。認めたのではないらしい。

「御屋形様」

「ご決断を」

内藤興盛、問田隆盛らが畳み掛けるように続く。しかし、そこで
「待った」が掛かった。

「さても浅はかな考えにござる」

相良武任であった。不仲の相手とあって、隆房はぎろりと目を剝いた。

「うぬはこの戦で何をした。誰かの言うとおりに調略の書状をしたためたぐらいで、何を偉そうに口を開くか。軍兵を知らぬ者は引っ込んでおれ」

相良は声を裏返らせ、高らかに笑った。

「軍兵を知るお方は、ひとつの城を落とすのに大層な時をかけるものよな」

「黙れ、右筆風情が」

隆房の大喝にも相良は怯《ひる》まなかった。

「ご辺こそお黙りあれ。そも赤穴城に無駄な時を費やしたは、敵地の実を知らなんだゆえであろう。今、我らは尼子の懐深くに入っておる。何があるか分からぬ地で一気に攻めよなどと、大軍を潰《つい》えさせる物言いだとは思われぬのか」

既に半年も前のことを未だに云々するのが、何とも癪《しやく》に障った。だが悔しいかな、この言には一理ある。隆房は奥歯を噛み締め、殴り倒してやりたいという気持ちを懸命に堪えた。

薄笑いの相良の隣で冷泉隆豊が口を開き、重々しい声音で発した。

「何があるか分からぬ敵地で年を越し、一年に及ぶ長陣となっておる。兵とて、もう、うんざりしておるのではないか。此度は出雲・伯耆の国衆を味方に付けただけで良し、兵を退くに如《し》かずと存ずるが」

隆房の右手、三つ下座で問田が「馬鹿な」と声を荒らげた。

「大内がこの戦で何らかの益を得るには、戦を続けねばならぬ。たとえ富田城を落とせず和議に及んだとて、富田城にまで攻め寄せれば、何かしら譲らせることができよう」

「如何にも。ここで退いては尼子が息を吹き返す。この一年が無駄になるではないか」

問田のひとつ手前で杉重矩も続く。両者の言は共に隆房の考えに一致していた。

だが——。

「それに、此度味方に参じた出雲国衆とてどう転ぶか分からぬわ」

杉が続けたひと言で、他ならぬ出雲国衆が色を作《な》した。

「お待ちあれ。我らが寝返ると仰せか」

「大内に参じた義心を左様に安くお考えとは」

三刀屋久扶、山内隆通《やまのうちたかみち》、三沢為清《みさわためきよ》らが憤然としている。杉の言い分は正しいものの、当人たちを前にして言うことではない。隆房は苛立ちを覚えつつ主座を向いた。義隆は思案顔だが、紛糾する評定に嫌気が差しているようでもあった。

どうにかせねば。怒号の飛び交う中、再び杉に顔を向ける。と、末席に固まった安芸国衆の中に元就の思案顔を見た。

この男なら。そう思い、隆房は喧々囂々《けんけんごうごう》の評定を一喝した。

「静まれ。御屋形様の御前である」

国衆たちは未だ消えぬ怒りを顔に湛えていたが、これでひとまず言を控えるようになった。隆房は大きく溜息をついてから、元就の顔に目を向けた。

「元就殿。ご辺はどう考える」

人心の動きを知り、それを操れる傑物なのだ。しかも己とは心底に相通ずるものがある。きっと評定の論を「進め」に傾けてくれるだろう。

元就はこちらを一瞥《いちべつ》してから、義隆のある主座を向いて発した。

「兵を退くべきかと存じます」

評定の場が、しんと静まった。元就が何を言ったのか、隆房はすぐには飲み込めずにいた。

「先年、それがしの郡山城は尼子に襲われ申した。御屋形様から援軍を賜り、陶殿のお力を以て完膚なきまでに叩いた次第にござります。されど、それは尼子が長陣に及んだことが大きいのではないかと。今の我らは、過日の敵と同じ立場にありましょう」

改めて連ねられた元就の言葉で、隆房は正気を取り戻した。そして猛然と吼える。

「何を申される。そうやって尼子を叩いたからこそ、今日の戦があるのではないか。元就殿とも思えぬ弱気の言ぞ。繰り返し申すが、今を措《お》いて尼子を叩く機はないのだ」

頷く者、苦い面持ちを見せる者、評定の席が割れた。そのくせ誰も口を開こうとしない。煮えきらぬ様子に苛立ちを覚え、隆房は床机から腰を上げた。

「この上は決を採る。戦を続け、一気に進むが良いと思う者は手を挙げい」

大内家臣では内藤と杉、問田らが手を挙げた。石見国衆、伯耆国衆の一部がこれに加わる。十八人であった。少ない――胸に焦りを宿しつつ、続ける。

「然らば余の者は、兵を退くべしと考えておるのだな」

すると相良や冷泉を始め、石見国衆の実力者・吉見正頼《よしみまさより》、出雲国衆の安芸国衆の多くが手を挙げた。元就はおろか、弘中隆包までこちら側であった。まさか。そう思った。この二人が撤退を唱えるとは思ってもみなかった。

（弘中……いや）

評定を促しに来た日のことを思い返す。弘中は「進むか退くかを決せよ」と言っていたのだ。腹の内では初めから退くを良しとしていたのだろう。

この二人はまだ良い。手を挙げている中には、義隆の傍らにある若者――大内の世継ぎ・晴持も含まれていた。撤退を支持する数は十六人である。ほぼ半々の結果、しかも晴持もこちら側とあっては無視できない。

主君・義隆が思案に暮れた顔で声をかけた。

「隆房よ。其方の申すとおり、尼子を叩く機会など、そうあるものでもない。じゃが武任の申すことにも理があろう。ここは戦を続け、されど用心に用心を重ねて進むのが良いのではないか」

「されど」

隆房は声を押し潰して返した。それでは、ならぬのだ。兵が戦に倦んでいるからには、これ以上の長陣にすることはできない。

思いを察したか、義隆が再び口を開いた。

「さもなくば兵を退く」

図らずも、この言葉こそ義隆の心中を表していた。長陣で意気を阻《そ》喪《そう》しているのは、兵だけではない。隆房にはこれ以上、何を言うこともできなかった。

評定は終わり、参集した面々は三々五々、夕暮れの中を自らの陣所へと戻って行った。どの顔にも釈然としないものが湛えられている。

隆房も同じであった。

この軍はどうなってしまうのだろう。憂いを抱きつつ歩を進めていると、十間ほど前に見知った背を見つけた。

「元就殿。待たれよ」

呼ばわって小走りに駆け寄る。元就は立ち止まって振り向き、一礼して発した。

「隆房殿、ひとつお聞きしてよろしいか」

本当なら、こちらが問いたいところだ。しかし無言で頷き、続きを促した。

「何ゆえ、兵を進めよと仰せられたのです」

隆房は「何を言うのか」とばかりに返した。

「評定の場で申したことが全てだ。ここまで来て引き返すなど、大内の財を食い潰すだけの愚劣な道ぞ。ご辺とて家臣の熊谷殿を死なせておるだろうに」

元就は、深く、深く溜息をついた。

「貴殿は、相変わらず真っすぐにござりますな。されど討ち死にを出し、財を食い潰したとて、負けるよりは良いでしょう。それがしは、より確かな道を選んだに過ぎませぬ」

「尼子は窮しておる。一気に畳み掛ければ勝てるはずだ」

「ええ。隆房殿の用兵なら、勝つことはできたやも知れませぬな」

元就はそう言って、また深く息を吐いた。

「もっとも貴殿の仰せられるとおり、一気に畳み掛ければの話です。御屋形様は最も拙《つたな》い道を取ってしまわれた」

「それは、ご辺があのように申したからではないか」

「いいえ。それがしが何を言わずとも、相良殿や冷泉殿、それに晴持様が口を揃えれば、やはりこうなったでしょう。隆房殿。いつ、どのように兵を退くか……これから先、貴殿が考えるべきはそこですぞ」

元就は一礼して立ち去った。夕暮れが夕闇に変わろうとしている。

新春の宵、まだ冷たい風を頬に受けて隆房は立ち尽くした。

既に厭戦の気分が蔓延《まんえん》した軍である。様子を見ながら時をかけて進めば、兵がまともに戦わなくなってしまう。大内に参じた出雲・伯耆の国衆とて、敗戦の匂いを嗅《か》ぎ取るだろう。待っているのは再度の寝返りである。大内軍はずっと、調略をしながら進軍してきた。磐石に進むために戦を避けたはずが、かえって足許《あしもと》を怪しくしている。隆房と元就が当初から抱いていた不安が現実になってしまった。

＊

大内軍はじわり、じわりと尼子の本拠・月山富田城に進んだ。そして宍道湖の東、美保《みほ》湾の中海《なかうみ》南西岸の竹矢《ちくや》に本陣を置く。総大将・大内義隆はここに残り、隆房らはさらに前進して富田城と相対する経羅《きょうら》木《ぎ》山の麓《ふもと》に陣を布いた。この時、実に三月の末である。わずか三十里を進むのに二ヵ月もの時を費やしていた。

だから、であろう。尼子軍との戦端が開かれても、大内軍は何らの戦果も手にできずにいた。今や兵の戦意など微塵《みじん》も残っていなかった。

そうして城を攻めあぐねたまま、四月三十日を迎えた。朝一番、隆房は白んだ空の下で敵城を眺めつつ思案に暮れた。

（どうにかならぬものか）

東南一里半ほどの先には月山が聳《そび》えている。そう高い山ではないが、こちらから見て正面と左右は急峻《きゅうしゅん》だった。大きく迂回《うかい》して山を登り、城の後方、東側の一角から攻めるしかない。それだけに尼子方は一ヵ所に兵を集めて抗戦しやすい。青々と茂った山の新緑に苛立ちを覚えた。

陣の前、半里の先には飯梨川《いいなし》が流れ、河岸には青いものがちらほらと見えた。苗代がそのままに捨て置かれているのだ。そろそろ田植えの頃ながら、戦が始まっているとあって百姓衆は息を潜めている。満足に田植えもできぬとあれば、富田城近辺は今年の米を作ることができない。

（いっそ、このまま居座って干上がらせるか）

思って眉をひそめ、溜息交じりに首を横に振った。敵とて籠城《ろうじょう》の構えではなく、時に打って出ている。なのに討ち破れない。城の造り云々以前に、何より味方の気勢が上がらぬからだ。居座ったとて、敵が干上がる前にこちらが瓦解《がかい》してしまうだろう。

ふと、元就の言葉が思い起こされた。いつ、どのように兵を退くかを考えろ——分からぬでもない。だが「ここまで来て」という思いが、退くという考えを阻んでいる。

「陶殿。隆房殿！」

山の麓とはいえ、少しばかり高低の差はある。隆房の陣所よりやや下った辺りから、内藤興盛が血相を変えて駆け上がって来た。

「一大事、一大事にござる。本陣からこれへ送られた兵糧が、道中で襲われたとのこと」

「何と。出雲の国衆にござるか」

隆房が驚いて問うと、内藤は大きく、勢い良く頭を振った。

「いえ。足軽の貸し具足から見て、尼子の兵らしいと」

耳を疑い、唸るように返した。

「どうやって兵を出したのだ。ここ数日は城に」

動きなどなかった、と言いかけて止まった。内藤が「左様」と悔しげに頷く。

「六日前の小競り合いにござる」

その日、尼子方の戦は少しばかり手ぬるかった。こちらから出たのが猛将・弘中隆包だったことで怯んだのだろうと思っていた。

だが違った。尼子方は初めから、まともに戦う気がなかったのだ。

ひと当たり戦うと見せ、その実は兵を野に潜ませていた。そして今、こちらの糧道《りょうどう》が脅かされている。

「いかん……これは」

隆房が面持ちを曇らせると、内藤はやっと絞り出すように小声で応じた。

「退き時を探らねば」

そこへ三刀屋久扶、本城常光《ほんじょうつねみつ》、山内隆通、三人の出雲国衆が慌しく駆け込んだ。馳《は》せ付けるなり、山内と三刀屋が口々に捲し立てた。

「陶様、大変ですぞ。吉川と三沢の陣が、もぬけの殻となっております」

「恥知らず共め、寝返りおったのです」

安芸国衆・吉川興経は吉田郡山城の戦いの後に、出雲国衆・三沢為清はこの戦を起こすに当たって調略を仕掛け、取り込んだ者たちである。山内と三刀屋の言うとおり、夜のうちに手勢を率いて尼子方に走ったと見る以外にない。

本城が顔を憤怒《ふんぬ》の朱に染めて続いた。

「見過ごしては、御屋形様の顔に泥を塗ることになりますぞ」

隆房は苦い面持ちで返した。

「元より承知しておる。だが、城を目の前に寝返りが出た。これがどうことか」

　そこまで皆の心が揺らいでいるとなれば、寝返った二人に鉄槌《てっつい》を下すこともできない。言葉を濁す隆房に向け、三刀屋が「何を仰せか」と荒々しく吼えた。

「よしんば大内家がそれで良いとしても、それがしには許し難い。彼奴《きゃっ》ら二人、特に三沢のせいで雲州武士が信用ならぬと思われたなら、我ら揃って面目を失い申す」

「いやさ、わしも同じ思いじゃ。あの面汚しどもめ、そっ首引き抜いてくれねば収まらぬ」

　山内が口から泡を飛ばす。本城も「そうとも」と続いた。

「陶様、どうか我ら三人に城攻めのお下知を。必ず城方を引き摺り出し、吉川と三沢、不逞《ふてい》の輩《やから》だけでも討ち果たしてくれましょうぞ」

隆房は少し考えた後に大きく息を吸い込み、静かに発した。

「三人とも、良くぞ申した。すぐに支度を整え、一時の後に城を攻めよ」

三人は顔を紅潮させ、「おう」と喜色を見せて踵《きびす》を返した。それらを見送りつつ、内藤がひそひそと問う。

「良いのですか。あやつらとて何を思うておるか知れたものではござりませぬぞ」

隆房は極めて平らかに返した。

「ええ。間違いなく寝返りましょう。この期に及んであれだけ盛んな意気など、他ならぬそれがしとて持ち合わせておりませぬ」

「分かっていて、行かせたのですか」

驚いた顔の内藤に向き、自嘲《じちょう》の笑みを浮かべた。

「兵は使いものにならぬ、兵糧も危うい。退き時を探るなら、火種となる者は捨てるが良うござろう。ついては内藤殿、ひとつ頼まれてくだされ」

「構いませぬが、何を？」

「御屋形様と晴持様を無事に山口へお戻しするには、船があった方が良い。急ぎこの陣を離れ、透破《すっぱ》を飛ばして警固《けご》衆を動かしてくだされ」

内藤は「承知仕った」と即答し、数名の供だけを連れてすぐに発った。

朝五つ（八時）、大内の陣から三刀屋久扶、本城常光、山内隆通が手勢を全て率いて富田城に向かった。だが城方が兵を出すと、隆房が見越していたとおり、三人は斬り結ぶと見せ掛けて、敵兵と共に城に入ってしまった。

以後の数日、隆房は努めて城との睨み合いに徹した。

五月六日の未明、内藤の手の者が隆房の元に参じた。周防大島《おおしま》を根城とする宇賀島《うかしま》水軍と話が付いたそうだ。既に船は出ていて、翌七日には美保湾の中海、松江《まつえ》に至るという。これを受けて隆房は経羅木山の諸将を集め、撤退を申し渡した。

「無念だが、もはや戦は続けられぬ。各々、日暮れを待って手早く陣を払うべし。殿軍《しんがり》はこの隆房が持つゆえ、落ち着いて動くように」

指示を受け、大内家臣団と各地の国衆が急ぎ陣幕を出て行く。そうした中、ひとりだけが残った。元就であった。

「隆房殿、良くぞご決断なされましたな」

安堵の思いが見て取れる顔であった。隆房は「いいや」と頭を振った。

「遅きに失した。一月の評定の後、すぐにでも決めておれば……。ご辺の申すとおりにしておれば良かったと悔いるばかりだ」

元就は満足そうに頷いた。

「お分かりいただけたのなら、貴殿には次があるはずです。殿軍の大役、どうか無理をなされませぬよう」

発して深く一礼し、元就も陣幕を去った。

それから丸一日、隆房は陣を出て飯梨川を前に三千の兵を並べ、兵を督して富田城に罵詈《ばり》雑言を叫ばせた。

城の攻め口は限られていて思うに任せない。各地の国衆にも寝返りが出ている。その上で「城を出て戦え」という挑発は、未だ攻城を諦《あきら》めていないと見せかけるためだ。

もっとも、これは賭《か》けでもあった。もし尼子方にこちらの思惑を見通す者がいれば、或いは今夕からの陣払いを勘付かれていたら、すぐにでも兵が向けられるであろう。その場合は奮戦し、討ち死にする覚悟であった。

だが城方は兵を出さなかった。隆房は夕暮れ時に至って兵をまとめた。そして陣払いが終わった者から順次退かせ、自身は五月七日の空が白む頃に五百を率いて撤退した。

もう少しで峠道を抜け、大内本陣への視界も開けようかという頃、隆房率いる殿軍の背後に鬨の声が上がった。朝になって撤退を知った尼子方が、急遽《きゆうきよ》差し向けた追い討ちの兵であった。

「殿、ここはそれがしが」

後方に馬を進める宮川房長が発した。隆房は振り向いて頷いた。

「頼む。峠道ゆえ、敵も多くの兵は出せぬ。百ほどを山に潜ませ、おまえは二百を率いて戦いながら少しずつ退け。誘い込んで矢を浴びせるべし、さすれば敵もいったん下がろう。そこで」

すると宮川は「はは」と荒っぽく笑った。

「心得ております。兵糧を捨てて道を塞ぎましょう」

さすがは父の代から陶家に仕えてきた男である。道を塞ぐのが木や石のようなものなら、敵は踏み越えて来るばかりだろう。しかし兵糧なら必ず分捕りを考える。わずかの差でしかないものの、時を稼げるのだ。

後ろを宮川と三百の兵に任せ、隆房は残る二百と共に竹矢の本陣を指した。だが大将・大内義隆の撤退は既に始まっていて、竹矢に至る手前、揖屋《いや》の浜で落ち合うことができた。

浜には大小二艘《そう》の船が着けられている。大きな方は百人ほど、小さい方はその半分ほどしか乗れぬだろうか。撤退のための船としては小さいが、急な手配ゆえに船足の速さをこそ重んじたものと思われた。

大船には大内菱の大将旗が掲げられている。既に義隆は乗り込んでいるらしい。それを確かめるために馬を寄せると、船の中から大声で「隆房」と呼ばわる声があった。他ならぬ義隆であった。

隆房は満面に笑みを見せ、大声で返した。

「御屋形様。ご無事のお姿、祝着至極にございます。晴持様もそちらにおわしますか」

「晴持も無事、向こうの船に乗っておる。其方も急ぎ乗れ」

返された義隆の声は切迫している。評定の時に発する声はいくらか疎ましげにも聞こえたが、今この時だけは心からこちらの身を案じてくれていると分かった。

だからこそ、隆房は「いいえ」と頭を振った。

「それがしは兵を率い、陸伝《おか》いに山口まで帰ります」

「ならぬ。其方も乗れ。もう出るのだぞ」

義隆は重ねて声を張る。身を乗り出した肩の向こうに相良武任らしき顔が見えた。隆房はなお断って大声を返した。

「お心遣い、恐悦の極みにて。されど、それがしは文臣に非ず。家老筆頭として、この戦が斯様な仕儀となった責めを負うべき身にござる。御屋形様が恙《つつが》なく周防に戻り果せられますよう、背後を安んじるのが務めにござれば」

敢えて相良に聞こえるよう「文臣に非ず」に力を込めた。少年の頃からこの身を寵してくれた義隆なら分かってくれるはずだ。いざという時に、誰が頼りになるのかを。

隆房は馬上で一礼して背を向けた。

「皆に伝える。これより宍道の湖《うみ》を西へ向かい、山口に帰る」

兵を督して一路西を指す。背後遠くになった揖屋の浜から、微《かす》かに「死ぬでないぞ」と主君の声が聞こえた。

美保湾の中海は、西南端から延びる水路で宍道湖と繋《つな》がっている。隆房は水路の南岸沿いに進み、途中で中州伝いに向こう岸に渡って、宍道湖の北岸から退くつもりだった。兵の足はやや遅くなるものの、いつ尼子方の追撃を受けるか分からぬ以上、水を挟んで少しでも敵襲を遠ざける道を取りたかった。

「殿、殿お！」

揖屋の浜から七里余り、本陣のあった竹矢の間近に馬潟《まかた》という地がある。ここまで至った頃、峠道で尼子の追撃を阻んでいた宮川が追い付いて来た。

「宮川、おまえも無事か。大儀であった」

隆房の顔に笑みが溢れた。揖屋で「船に乗れ」と叫んだ義隆の気持ちが分かるような気がする。宮川も疲れた顔を綻ばせ、馬を励まして傍らに至った。

「敵軍の追い討ち、まずは蹴散らし申した。そろそろ日も落ちるものなれば、明け方までは休むことができましょう」

そして後ろに「おうい」と叫ぶ。これに従って、荷車が向かって来た。陣払いした時の十分の一ほどに減っていたが、兵糧であった。

「腹が減っては戦ができぬと申します。引き上げも同じでしょう。少しでも兵糧をお使いになって、御身を労《いた》わってくだされ」

宮川に「ああ」と頷き、しかしすぐに命じた。

「その前に、兵どもに分け与えよ。一握りずつだ。わしは残ったものを食うことにする」

「されど、将たる者がしっかりしておらねば」

隆房は笑って馬を下り、馬廻衆に手綱を任せると、水路沿いにあった平たい岩に歩を進めた。そこにあったものを目にしたからだ。この地の漁師が、獲《と》った魚を昼餉の用にでも捌《さば》いたのだろう。魚の腸《はらわた》が打ち捨てられて虫が集《たか》っていた。

隆房は手を伸ばしてそれらの虫を払い、半ば腐って乾いた魚の腸を口に運ぶ。そして腰に着けた竹の水筒を取って飲み、腹の中に流し込んだ。

「食えればな、何でも良いのだ」

そう言って笑う。宮川は目頭を押さえて「はい」と頷き、先に言われたとおり、兵糧を兵に分け与えに向かった。

隆房が山口に戻ったのは、それから半月ほど後であった。

「家老、陶尾張守である」

陶の山口居館の正面、築山館南門で門衛に呼ばわる。いったん自邸に戻り、汚れた身を清めてからとも思ったが、一刻も早く帰還を報せて義隆を安堵させたかった。

門衛たちは初め、本当に隆房だとは分からなかったようで、訝《いぶか》しげにこちらを窺《うかが》っていた。分からぬでもない。出陣の頃の颯爽《さつそう》とした姿ではないのだ。顔は垢《あか》と埃《ほこり》で真っ黒になり、飯もまともに食っていないとあって頬がこけていた。

だが名乗ってから十ほど数えたところで門衛の長が畏《かしこ》まり、平伏して詫《わ》びた。

「も、申し訳……ござりませぬ」

隆房は「はは」と笑って応じた。

「良い。それより、もう御屋形様と晴持様は戻られておるだろう。早《はよ》うお二人にお目通りし、無事に帰ったことをお知らせせねばならぬ。急ぎ、取り次げ」

すると門衛たちは揃って顔を強張らせた。隆房は首を傾げ、先に平伏した者をじっと見る。

門衛の長は涙を落とし始め、ぽつりぽつりと語った。

「御屋形様は……ご無事にござります。されど若様は」

ただならぬ態度に胸が騒ぐ。隆房は屈み込んで、兵長の胸座を摑んだ。

「晴持様が、何だ」

「……お亡くなりになられました」

激しく頭を揺さぶられたような衝撃を覚え、総身の力が抜けた。門前の砂利道にぺたりと座ったまま、隆房は晴持の最期を聞いた。

晴持は義隆とは別の、小船の方に乗っていたが、少しでも多くの兵を共に乗せようとしたらしい。それでも、精々五十人ほどしか乗れぬ船である。すぐに立錐《りっすい》の余地もなくなり、義隆の船を追って浜を出ることになった。

ところが、足軽衆が貸し具足を脱ぎ捨てて泳ぎ、この船を追い慕って取り付いた。結果、船は平衡を失って転覆した。重い具足を着たままの晴持は、あっと言う間に水の中に消え、海の藻屑《もくず》となってしまったという。

隆房はしばし、その場を動くことができなかった。ただ押し黙り、時折「晴持様」と呟くことを繰り返していた。

三・毛利の躍進

月山富田城で大敗を喫したことで、安芸、石見、備後の三国では大内から尼子に鞍替《くらが》えする者が相次いでいた。敗戦の五月七日から半月ほどしか経っていないのに、である。隆房は毛利が離反していないことに胸を撫《な》で下ろしつつ、大内家の先行きを大いに憂えていた。

そうした折の五月二十五日、陶の山口居館に驚くべき報せがあった。大内から尼子に、和睦《わぼく》を申し入れる使者が発ったという。まさに寝耳に水、隆房は一切の話を知らされていなかった。

陶邸は築山館南門の正面にある。既に夜であったが、急ぎ主君・義隆に目通りを願い出た。

「急な目通りの申し入れをお聞き入れいただき、恐縮の極みに存じます」

広間の中、主座から一間半を隔てて平伏した。義隆の「うむ」という声が聞こえる。あまりに清らかな響きに驚きを隠せず、隆房は顔を上げた。

義隆は微笑を浮かべていた。どう言えば良いのだろう、この顔は。何ひとつ心の内を映していない。心の内に何も宿していないと言う方が正しいかも知れぬ。そう感じつつ、「面を上げよ」と命じられる前に顔を上げてしまったことに思い至った。慌てて頭を下げ直す。

「良い。其方の顔を見るのは嬉しい」

義隆の言葉は鷹揚だが、嬉《うれ》しいと言う割に、やはりそうした心の動きは感じられなかった。隆房は切ないものを覚えながら、短く「はっ」と応じて居住まいを正した。

「さて、早速だが何用じゃ」

問い質《ただ》したいことがあって来たのだが、あまりに穏やかな主君の顔を見ると、問うて良いものかどうか分からなくなる。言葉に詰まっていると、義隆は「ああ」と得心顔を見せた。

「和議のことか」

「……はい」

義隆は特段に嫌そうでもない。つまり尼子との和議を認めている。だが隆房としては、それで良しとはできない。思う心が顔に出たが、主君はこちらをじっと見て、何とも優しげな声を寄越した。

「其方は不服か」

「いえ、左様な訳では。されど」

確かに今、尼子との間に必要なものは和議である。しかし己に知らされていない、即ち評定を通していないのだ。これまで一度たりとてなかったことで、隆房はそこに不安を覚えていた。

「武任が、そうせよと申すのでな」

発して、平らかに「はは」と笑う。隆房は心中で「やはりそうだったか」と切歯した。

富田城攻めに失敗した後、相良が陰口を叩いていることは知っていた。尼子との戦いに敗れて兵を失い、無駄に散財したばかりか、世継ぎの晴持まで死なせた。全ては隆房の増長が元凶なのだと。

まさか義隆は、それに動かされたのか。隆房は震える声で発した。

「恐れながら、相良は能臣なれど」

そこで言葉が止まる。今度は身を震わせた。義隆の寵を受ける相良ゆえ、悪し様に言うことは避けた。かと言って能臣などと、心にもないことを口にするのは不愉快極まりない。やり場のない怒りを噛み殺しつつ続けた。

「あの者は文臣にござります。尼子は和議のみでは御せられぬ相手にて、常に駆け引きを要します。交渉ごとに慣れた家老衆に諮られなんだのは、如何なものかと」

相良憎しで言っているのではない。主君を諫《いさ》めるのも家老筆頭の務めである。だが義隆は、ここに至って沈痛な面持ちを見せた。

「評定か……。そうよな。されど先の戦とて評定の上で決まったことだ」

最前から切なく締め付けられていた胸が、ずんと重くなった。言葉には出さぬが、義隆は晴持を失った悲しみを持て余している。当然だ。未だひと月も経っていない。

情けないものを面に湛えながら、隆房は平伏した。

「如何にも。兵を挙げるべしと叫び、戦を続けよと言い張った、それがしの罪にござります。されど！」

血を吐かんばかりに絞り出す。義隆は「いいや」と返した。

「そもそも、わしは兵を出すことにも、戦を続けることにも気が乗らなんだ。なのに……評定で決した話ゆえ我意を通せなかった。罪は其方ではなく、わしにこそある」

労わりの言葉に、酷《ひど》く遣りきれない思いを抱いた。平伏したまま顔だけを上げると、両の眼から涙が零《こぼ》れ落ちる。義隆はそれを見て、ゆったりと頭を振った。

「何を泣くのか。いずれにせよ、尼子との和議は間違っておらぬだろう」

もはや何を言うこともできない。ただ目を伏せるばかりの隆房に向け、義隆はなお淡々と言葉を連ねた。

「それから……晴持も死んでしもうたからな。大友から子を取ることにした。八郎《はちろう》殿じゃ」

隆房は閉じていた目を見開いた。

九州豊後の大友も、尼子同様に因縁浅からぬ相手である。大内が筑前から豊前へ勢力を広める中、戦と和睦を繰り返した間柄だった。大内から義隆の姉を輿入《こしい》れさせたことで、今はそれなりに安定した付き合いだが、それでもなお隙を見せられぬ難物であった。

「……八郎殿を」

八郎晴英《はるふさ》は大友家当主・義鑑《よしあき》の次男で、義隆の姉が産んだ子だった。

一応、筋は通っている。だが、と口を開きかけたところへ義隆が柔らかく発した。

「案ずるでない。猶子に過ぎぬ。わしに実の子ができた暁には大友に帰すという約束よ。これも西の敵と和を結ぶ道と心得よ」

「和議……」

「左様。武任が、そうせよと申した。戦、戦……他家といがみ合い、猛々《たけだけ》しく吼えるばかりが能ではあるまい」

然り、今は和議も必要だ。しかし何たることか、義隆は「今だけは」と思っていない。心から慕う相手だからこそ、はっきりとそれが分かった。

心苦しい。言いたくない。だが言わねばならぬ。隆房は平伏していた身を起こし、小袖の袂《たもと》でぐいと目元を拭った。

「なりませぬ。今は戦乱の世なのです。武なくして大内家を保つことは叶《かな》いませぬ。現に各地の国衆が当家を離れ、尼子に鞍替えしておるのですぞ」

やっと発した言葉に、義隆はこともなげに応じた。

「存じておる。じゃが、二心ある者を見極める良い機会ではないか。大内は大国ぞ。唐土との交易で財もある。しばしこのままでも倒れることはない」

やはり間違いない。義隆は戦そのものを遠ざけたいと思っている。おかしな具合に煽《あお》り立てた者は――。

「それも、相良が申したのですか」

問いに対し、義隆は微笑を以て応じた。隆房は再び「何たることか」と心中に嘆息し、それを自ら振り払うべく小刻みに頭を振った。

「承知仕った。されど、これだけはお聞き入れくだされ。安芸では今、毛利が力を蓄えつつあり申す。毛利元就だけは手放さぬよう、お願い申し上げる次第」

義隆は「ほう」と発して目を丸くした。どうすれば良いかと問われている。隆房は胸を張って続けた。

「安芸には未だ、大内の守護代が置かれておりませぬ。まずは御屋形様の代官を送り込み、毛利の力を借りて安芸国衆、さらには東の備後国衆まで取りまとめを任せ、重く用いるのです。毛利が動きやすくなるよう、少しばかりの無理は聞いてやらねばなりませぬが」

「ふむ。安芸は隣国ゆえ、たしかに乱れては堪《たま》らぬのう。代官は誰に任せる」

「弘中では如何でしょう。彼《か》の地に近い岩国に領を持っておりますゆえ」

「相分かった。良きに計らえ」

このことだけは隆房の言が容《い》れられたが、やはり評定は通さずに決められた。

陶の当主が築山館を辞するに当たっては、主君たる大内家当主が見送るのが仕来りとなっている。館の玄関で義隆の眼差しを背に受け、隆房は思った。

　これからの大内家では、評定は形ばかりのものとなろう。義隆の側近く仕える相良武任を出し抜き、黙らせるだけの力を得なければならない。館の門をくぐって外に出ると、隆房は北東の空を仰ぎ見た。あの星空の向こうに吉田郡山城がある。

（元就殿。頼みにしておるぞ）

毛利を重く用いよと具申したのは、間違いなく大内家のためである。だが一方で、隆房が味方を欲しているからでもあった。

＊

　相良の横柄な振る舞いには何とか楔《くさび》を打ち込んだが、それで腹の虫が治まるでもない。隆房は居館に戻ると声を荒らげて命じた。

「酒を持て」

いつもなら下女か妻が参じるところだが、今日は姿を見せない。代わりに宮川が酒と肴の膳《ぜん》を運んで来た。隆房は不機嫌な思いも顕《あら》わに問うた。

「なぜ、おまえが運んで来る」

「殿のご機嫌がお悪いゆえ、奥方様も下女も恐がっておりまして。いったい何があったのです」

宮川の弱りきった顔に「ふん」と荒く鼻息を抜き、膳から銚子を取って手酌で一杯を呷《あお》った。然る後にまた杯を酒で満たし、宮川の目の前に突き出した。

「おまえも呑め」

「はあ……」

おずおずと杯を取り、口を付ける。隆房は大きく溜息をついて問うた。

「おまえ、相良の阿呆を斬る気はないか」

宮川は杯から口を離して脇を向き、咳き込みながら返した。

「い……いきなり何を仰せです。左様なことをすれば、御屋形様から、どのような……お咎めを受けるか」

何とか発して、また咳き込む。どうやら酒がおかしなところに入ったらしい。十を数えるほどそうしていたが、やがて宮川は杯を膳に置いて胸を擦《さす》った。

「相良様と何かあったのですか」

隆房は今日の顚末《てんまつ》を語って聞かせた。尼子との和議、大友からの猶子、それらの重大事が評定も経ずに、相良の進言のみで決められていたことを。

「左様なことが」

言ったきり、宮川も顔を曇らせた。隆房は背を丸めて胡坐の上に肘《ひじ》を突き、掌《てのひら》に額を預けた。

「尼子への使者も、大友への使者も、御屋形様が認めてしまわれた。相良のことだ……一度でもこういうことがあれば、以後これを先例として好き勝手に振舞うであろうよ」

「御屋形様には？」

隆房は最前からの姿勢のまま、眼差しだけを宮川に向けた。

「無論、ならぬと言上した。が、お聞き入れくだされなんだ。今の御屋形様はな……あれでは、いかん」

尼子に大敗し、晴持を失った。或いは相良の言うとおり、己こそが元凶なのかも知れぬ。だが先の戦とて、相良の言など取り上げなければ、斯様な不始末には至らなかったはずだ。

「あの佞臣《ねいしん》め、戦も政も何ひとつ知らぬくせに、弁だけは立つ。訳知り顔で偉そうにほざくものだから、御屋形様は惑わされておられるのだ」

言っていて、自らが情けなくなった。これは繰り言以外の何物でもない。それでも今だけは愚痴を零さねばやりきれなかった。

「富田から退く時も、わしは自らの身を挺《てい》したというのにな」

船に乗れと言ってくれたのだ。主君も己に対し、寵童として仕えた頃と変わらぬ情を抱いてくれていると信じていた。それなのに。

「御屋形様のためなら命を捨てても良いと思うた。然るに……通じておらぬ」

宮川が「殿」と柔らかな眼差しを向けてきた。気持ちは分かるが、言ってはならぬ。目で語られて隆房は小さく頷き、先に宮川が中途で膳に置いた杯を干した。

と、隆房の居室の前、枯山水に仕立てられた庭に下人が進んで平伏した。

「殿様、お客様にございますが」

「客だと？　誰だ」

山口にある者で気兼ねなく話せる相手は限られている。宮川の他は内藤興盛、弘中隆包、江良房栄ぐらいのものだ。余の者なら理由を付けて引き取らせるつもりだった。が――。

「陶殿、わしだ」

杉重矩が、庭へと無遠慮に歩を進めて来た。日頃、年若い己を軽んじている男である。こういう気分の時に見たい顔ではない。

「貴公であったか。何用にござろう」

それでも大内家老の一角を占める者ゆえ、努めて平らかに返した。

杉はこちらの問いには答えず、縁側からずかずかと上がり込んだ。

宮川が脇に控えると、杉は隆房の前にどかりと腰を下ろした。

「斯様な時に酒とは良い身分だな」

どうやら杉も相良の一件を知ったらしい。しかし、ものには言いようがある。正直なところ、かちんと来た。ついつい仏頂面になって返した。

「自らの館で何をしていようと、貴公にあれこれ言われる筋合いはない」

「それが家老筆頭の言い種《ぐさ》か。尼子との和議、大友とのこと、聞いておらぬとは言わせぬぞ」

「無論、耳にしておる。ゆえに御屋形様をお諌めしに上がった」

杉は憤然として返した。

「それなら、何ゆえに相良めの具申を止められなんだ」

「我ら家老衆に一言もなく決められ、既に使者が出ているものを、どうやって止めよと申されるのか。馬鹿も休み休み申すが良かろう」

売り言葉に買い言葉である。隆房と杉は互いに摑み掛からんばかりの剣幕となった。

「殿、お控えくだされ。杉様も」

宮川が割って入ったことで、どうにか互いに手を出さずに済んだ。

しかし杉は、なお気が治まらぬように吐き捨てた。

「貴公、相良の横車を止める気など、なかったのだろう」

「止めようがあるのかと申しておる。同じことを何度も言わせるとは」

杉は「ふふん」と鼻で笑った。

「安芸のことも聞いたぞ。これも評定を抜きに……貴公が御屋形様に具申したそうではないか。相良の奴と同じで、大内家を私せんとしておるのではないか」

「戯けたことを！」

ついに隆房は激昂し、勢い良く立ち上がった。杉はいくらか気圧《けお》されている。

「殿、お鎮まりを」

宮川が身を乗り出して袴《はかま》を摑んだ。隆房は舌打ちして再び腰を下ろした。

「良いか、杉殿。御屋形様は……今の義隆様は、腑抜《ふぬ》けておられるのだ」

「腑抜けとは、何を無礼な」

「さもなくば、相良の申したことをそのまま認めたりはせぬ。これまで、ずっとそうだった」

目を剝いて、挑むように語る。杉は不貞腐《ふてくさ》れた顔で目を逸らした。

「だから貴公も評定衆を軽んじたと申すか。それは専横ぞ」

「ならば安芸のこと、わしの考えよりも良い致し方があると申されるか。御屋形様が元に戻られるまで、相良に先を越されてはならぬのだ」

「話にならん」

杉は諦めたように溜息をつき、すくと立って、足音も荒く陶邸を去った。

＊

月山富田城の戦いから一ヵ月後の天文十二年六月、敗戦の傷も未だ癒えぬ中、安芸は騒乱に巻き込まれていた。備後神辺《かんなべ》城の山名理興《やまなまさおき》が大内に叛旗《はんき》を翻し、沼田小早川《ぬたこばやかわ》氏の本拠・高山《たかやま》城に攻め寄せたためである。

「攻めて来たものは、蹴散らすまで」

吉田郡山城の広間に大内の使者・青景隆著《あおかげたかあきら》を迎え、元就は当然とばかりに発した。青景は困惑顔であった。

「されど尼子とは和議を結ぶと、御屋形様が決められたのですぞ」

「では、小早川が潰れるのを黙って見ておれと申されるか」

言葉が強くなる。右前に侍する桂元澄が「殿」と小声を寄越した。元就はちらりと見て頷き、大きくひとつ呼吸をして気を落ち着けた。

「大内と尼子は和議を結んだのですぞ。その上で山名が大内方に攻め込んだとなれば、尼子は顔に泥を塗られたに等しい。これを叩いたとて、尼子が否やを申す筋合いではござるまい」

「……分かり申した。此度は大内に理のあることゆえ、お任せいたそう」

渋い顔で頷き、青景は広間を辞した。足音が聞こえなくなると、元就は傍らの桂に命じた。

「桂、急ぎ沼田に援軍を。元春《もとはる》を大将、口羽《くちば》を副将として三百の兵を任せ、先手とせよ。わしは後から五百を率いて行く」

「はあ。しかし、良いのでしょうか。青景様は乗り気でないご様子でしたが、弘中様の意を受けてのことではござるまいかと」

「構わぬ。弘中殿には、追ってわしから話そう」

桂は「ならば」と頭を下げ、援軍の手配に向かった。元就は「ふう」と大きく息をついた。

去る五月の末、大内家の安芸代官として弘中隆包が槌山《つちやま》城に入った。以後、元就は弘中と共に安芸・備後国衆の取りまとめを任されている。安芸国衆では勢力の大きい毛利家だが、弘中と共に動く、つまり重臣に順ずる立場はやはり大役であった。

役目を申し渡された日、元就は二つ返事で快諾した。これが隆房の進言によるものだと、弘中から聞かされたためである。

富田城の大敗で大内は――その実、戦を主導した隆房は大きく躓《つまず》いた。だが、生きてゆく上で躓かぬ者など誰もいない。大切なのは、躓いた時にどう立ち回るかだ。

元就はぽつりと独りごちた。

「恐らく」

世継ぎを死なせてしまったからには、戦を主導した隆房への風当たりは強かろう。だが最も憂うべきは、そこではない。これによって大内家が内から朽ちてゆくことだ。隆房なら承知していよう。大内家臣のみならず、大内に従う各国の国衆のためにも、再起せねばならぬことを。その上での大役である。隆房――あの才気溢れる若人に頼られるなど、実に誇らしい。

思う一方、隆房を試してみたいとも思った。

「尼子は山名を律せられぬのではない。むしろ」

また独りごちて立ち上がり、自身も広間を去った。廊下を進む中、山口へ続く南西の空を見遣る。

「隆房殿。尼子への、わしの立ち回りをどう見るかな」

発しつつ「ふふ」と含み笑いを漏らし、元就は自室へと下がった。

元就の次男・元春——元服して少輔次郎から名乗りを変えた——を大将とする援軍先鋒は、沼田小早川重臣・乃美隆興《のみたかおき》らに助力して数日の時を稼いだ。そうした中で兵を整え、元就は郡山城の守りを嫡子・隆元に任せて自ら増援に向かった。

小早川氏には安芸東端・高山城の沼田家と、そこからやや南西に位置する木村城《きむら》の竹原家《たけはら》、二つがある。沼田小早川家は月山富田城の戦いで当主・正平《まさひら》が討ち死にし、大内方安芸国衆の中で最も大きな痛手を受けた家だった。しかも後を継いだ繁平《しげひら》は未だ二歳の稚児《ちご》である。山名理興はこの混乱を衝いて攻め寄せていた。

京のある山城国《やましろ》と九州の筑前国を繋ぐ山陽道は、古来、安芸に於ける要路である。沼田近辺では西から東へと流れる沼田川に沿っているが、上流に至って川が北を向くようになると、道は西へと外れる。その辺りから北に一里半、沼田川東岸の山にある城が高山城であった。

元就は山陽道を進んで沼田川を越え、南から城を見遣った。

高山城の南と北西、北東は山間に開けた平地である。その他は山地だが、城と峰続きなのは北側だけで、東西は川で遮られている。加えて山頂は平らで城の構えも堅牢《けんろう》、文字どおり難攻不落の要害であった。

山名軍は高山城の東方、川を隔てた山裾に陣を布いているらしい。

鬱蒼とした森の中まで見通すことはできぬが、兵は千と言ったところだろうか。

城の東南、沼田川の支流を前に毛利の旗印が見える。先んじて送った先鋒の陣所であった。元就がそこを指して行軍すると、先鋒副将の口羽通良《みちよし》が数名の馬廻衆と共に馳せて来た。

「殿、お待ちしておりましたぞ」

元就は「うむ」と頷き、口羽と轡《くつわ》を並べて陣に向かった。

「城方と、寄せ手の兵は？」

「小早川は三百とのこと。山名は千五百を揃えておるそうです」

「それほどか」

元就は目を丸くした。

小早川が寡兵なのは当然である。先の敗戦で当主・正平を失い、兵も多くを四散させた。跡継ぎの繁平は未だ二歳、これに不安を覚え、主家を見限って去る者も多い。

対して寄せ手の数は法外であった。山名理興の神辺城は広い平地を抱えているが、それでも米の取れ高を考えれば千五百は全軍と言って良い。

「敵の旗印は?」

「全て山名の旗にござります」

「本領を空にするとも思えぬ。……やはりな」

元就が唸ると、口羽も「ええ」と応じた。

「どうやら殿のお見立てどおり、尼子が手を回しているようです」

この戦は山名が勝手に仕掛けたことになっている。だが、それは表向きの話に過ぎない。尼子は神辺城の守りを請け負い、山名に全軍を動かさせた。そう考えるのが妥当であった。

小早川と毛利の兵は合わせて千百を数え、数の差は縮まった。もっとも、動揺の激しい小早川軍が城を出て戦うことは期待できない。口羽が苦しげな面持ちで問うた。

「どうなされます。このままでは睨み合うしかできませぬぞ。いっそ我ら援軍だけで山名勢に不意打ちを仕掛けましょうや」

元就は「いいや」とほくそ笑んだ。

「まずは見ておれ。一ヵ月も睨み合えば大きく変わろう。そうすれば隆房殿が力を貸してくれるはずだ」

確信というほど強いものがあったのではない。だが元就はそう言って、元春らの先鋒に後詰する形で陣所を築いた。

城方と寄せ手が互いに牽制だけを繰り返しながら、一ヵ月が過ぎた。すると、戦況は元就が言ったとおりに変わった。

「元就殿、援兵二千を率いて馳せ参じましたぞ」

凜《りん》とした眉目《びもく》の若武者が陣所を訪れた。隆房に勝るとも劣らぬ美丈夫ぶりは、槌山城の弘中隆包である。元就は満面に笑みを湛えて迎えた。

「おお。お待ちしており申した」

弘中は少しばかり申し訳なさそうな風であった。

「一ヵ月の間、良くぞ山名を抑えてくだされた。如何に代官とは申せ、和議を結んだ尼子方との戦いとなれば、本国の御屋形様にお伺いしてからでないと動けぬ由にて」

「いやいや。必ず援軍があると信じておりましたゆえ」

本国――周防山口で「兵を出すべし」と唱え、義隆を動かしたのは隆房であろう。相良武任であれば、表向きの和議に拘《こだわ》って静観を主張したに違いない。思うところが通じたか、弘中は面持ちを引き締めた。

「この戦、必ずや尼子が裏で糸を引いていると睨んでおりました。当家の家老・陶隆房も同じ見通しにござります」

郡山城や赤穴城で共に戦った時と言い、今回と言い、隆房の采配は見事である。一本気に過ぎて人の言を聞かぬ悪癖こそあるが、やはり信ずるに足る男であった。

元就は弘中をしっかりと見て発した。

「まずは高山城を救うことですな。次いで我らは備後に攻め入り、逆に山名の神辺城を囲んでやりましょうぞ」

「いや、さすがにそれは……。尼子を焚き付けることになりましょう。取りまとめを任された元就殿も、苦しくなるのでは？」

弘中の懸念も、もっともである。神辺城を攻めれば、次こそ尼子は表立って兵を動かすに違いない。安芸・備後国衆の向背が定かでない今、それを招くやり方は如何にも不利なのだ。

しかし元就は「ふふ」と不敵に笑った。

「むしろ安芸を攻めさせたいのです。大内と毛利が共に動ける今こそ狙い目ですぞ。それがしと隆包殿が尼子の大軍を蹴散らせば、国衆はどう見ましょうな」

大内の力をまざまざと見せ付ければ、揺れる国衆の心も定まるだろう。やはり大内は強い、逆らうことはできぬのだと。

ここに至って弘中は眉を開いた。

「さすがは元就殿、そこまでお考えでしたか」

「大内と、大内に従う者が立ち直るに於いて、楽な道などあり申しませぬ」

元就は頷いて返し、次いで、じっと弘中の目を見た。

「時に、貴殿は隆房殿をどう見ておられる」

弘中は少し考えて返した。

「いささか、強引なところはありますが。今は、その……御屋形様のお気持ちが揺らいでおりますれば、陶殿のそうしたところも楽になろうかと。如何にしても世は戦乱、武を以て立つ外に道はなきものと心得ます」

「然らば尼子に、目にもの見せてくれましょう」

元就と弘中は頷き合い、以後の共闘を確かめた。

弘中の援軍によって山名理興は苦境に陥った。以後一ヵ月ほど干戈を交えて八月になると、やはり備後神辺城に待機していたのだろう、尼子の援軍が沼田の地に押し寄せて来た。その数、実に三千である。

数の有利と不利は、互いの援軍が参じるごとに二転三転している。

だが今度は、弘中が槌山城から三千の増援を呼び込んだ。安芸に腰を落ち着けていればこそ、できることだった。遠征軍の山名・尼子勢は、これ以上の援兵を揃えられない。十月、ついに大内方は寄せ手を蹴散らし、沼田高山城を救った。

元就と弘中は返す刀で備後に攻め込み、神辺城を囲んだ。だがこの城は急峻な山の上にあり、何とも攻め難い。ようやく三之郭まで攻め上っても、奥にある本郭はさらに高いところに設えられており、落とすことができなかった。

小早川の援兵に出てから半年、大内方は越年の長陣になることを嫌って兵を退いた。

年明け天文十三年(一五四四年)の一月半ば、元就は弘中隆包の槌山城にあった。本丸館の広間に通され、数人の大内家臣に囲まれて平伏する。

「良うお出《い》でくだされた。楽にしてくだされよ」

弘中の朗らかな声音を聞き、居住まいを正す。

「昨年は大層お世話になり申しました。もう疲れは抜けましたろうか」

半年に及ぶ山名理興との戦いを言うと、弘中は右の掌でぱんと胸を叩いた。

「それがしは、まだ若《わこ》うござる。城に戻って半月、いつまでも疲れたなどと申してはおられぬ」

頼もしい言葉の後、弘中の顔が戦場の将へと変わった。

「此度のお越し、ただの機嫌伺いではござるまい。今年は尼子方をどう攻め立てるか、相談に参られましたかな」

沼田小早川を救援したことで、安芸と備後は落ち着きを得た。だが弘中は、それが束の間のことでしかないと承知している。元就は小さく頷いて発した。

「元よりそのつもりです。が、戦に先立って、やって置かねばならぬことがありましてな」

「はて、それは？」

「小早川のことにござる」

弘中は「ふむ」と思案顔になった。

「確かに繁平殿は、やっと三歳を数えたばかりにて。ほとぼりが冷めれば、またぞろ山名めが攻め込むは必定にござる。それに」

元就は、今度は大きく頷いた。

「はい。竹原の方は、さらに」

もう一方の小早川、竹原家も難題を抱えている。三年前の五月、当主・小早川興景《おきかげ》が齢二十三で没していた。跡継ぎがないままの死であった。沼田家の高山城は安芸東端、竹原家の木村城はそこからわずかに南西という地である。

「備後との境目が揃って弱い。山名が手を伸ばしてきたのも無理からぬこと、何らかの手を打たねばなりませぬな。今日これへ参られたは、妙案あってのことにござろうか」

問われて、元就は弘中の目を見据えた。

「実は竹原の家臣たちから請われておりまして、それがしの三子・徳寿丸《とくじゅまる》を養子に出そうかと考えております」

「ご子息を？」

早逝した興景の妻は元就の姪《めい》に当たる。縁もゆかりもない話ではないが、弘中の顔はいささか渋い。元就は確かめるように問うた。

「毛利が力を持ち過ぎては、ですな」

弘中はただ面持ちを曇らせていた。

安芸国衆の中で、毛利は既に最大の力を持っている。大内分国の守護代を務める重臣は、それぞれの領国で最大一万の兵を動かせるが、毛利はその四分の一、二千四百を揃えられるのだ。これ以上の力を得ては家中の均衡を崩す、それゆえの懸念に違いなかろうが――。

「お考えくだされ」

言葉を重ねると、弘中は重そうに口を開いた。

「大国に左右されぬだけのものを……と？」

一面で正しい。無論、欲はある。大内に従っているとはいえ、戦乱に於ける小勢はそれだけで安泰とは言えないのだ。生き残るため、家を栄えさせるための力は是非とも欲しい。

しかし元就は首を横に振った。

「それがしには、心に思う一念があり申す。戦乱とは、世の中が生まれ変わるための苦しみではござらぬか」

弘中の顔が変わった。半ば呆然として、蒙を啓《ひら》かれたという風だった。

「世が……生まれ変わる」

それきり口を閉ざしている。弘中は思いを巡らせているのだろう。平安の末、源平合戦の頃より繰り返された戦乱のたびに、世のありようが改められてきたことを。鎌倉に幕府が開かれ、その体制が世情と離れるや、再び争いが起きて足利《あしかが》の幕府が生まれたことを。

応仁《おうにん》の乱から八十年も続く戦乱の果てに、どのような世が待っているのだろう。それは分からない。だからこそ今を生きる者は、世の行き着く先を思い描かねばならぬ。元就は胸の内を詳《つまび》らかに語った。

「この苦しみを生き抜かば、必ず、笑って暮らせる平穏がある。初めて隆房殿にお会いした折、その信念が通じる御仁だと思うた次第。ゆえに、明日がどちらに転がるか分からぬ中、大内に従い続けると決めたのです。その大内家から安芸を頼むとご下命を賜った。堤に一穴ありと知りながら手を打たずにおれば、明日という日の形が歪むことになりましょう。それがし、ただその一事を恐れるのみにて」

弘中は、どこか恥じたような顔を見せた。

「力を得んと欲するは、余の者なれば別意ある証にござる。しかし、ご辺はそうではない」

元就は「はい」と力強く返した。

「隆房殿なら、この申し出を正しく受け取ってくださるかと存じます。何とぞ山口に上申くだされませ」

この一件は弘中から打診され、大内義隆の名に於いて——実のところは隆房によって——認可された。徳寿丸の入嗣は十一月と定められ、併せて義隆から「隆」の一字が偏諱《へんき》として与えられた。竹原家を継いだ後、毛利徳寿丸は小早川隆景《たかかげ》を名乗ることになる。

＊

備後の尼子方が安芸に攻め入るに於いては、最初に沼田小早川の高山城を、次いで竹原小早川の木村城を視野に入れざるを得ない。だが、今やそれは毛利を攻めるのと同じ意味を持つ。

竹原家が存続するのは形の上のことであり、その実は毛利が兼併したに等しい。これによって毛利は三千近くの軍勢を動かせることになった。備後一の実力者・山名理興でさえ全軍で千五百である。毛利の力は一介の国衆としては飛び抜けていた。

三月になると、元就は再び弘中と共に山名の神辺城を攻めたが、一ヵ月ほどで引き上げた。中途半端な戦を構えたのには理由があった。七月、尼子は毛利討伐を企て、精鋭・新宮党《しんぐうとう》――尼子国久《くにひさ》率いる五千に備後路を南下させた。吉田郡山城の北方三十里、布野《ふの》の地に布陣している。手始めに備後国衆・三吉広隆《みよしひろたか》の比叡尾山《ひえびやま》城を落とす肚らしい。ここを取られたら、郡山城は喉元に刃《やいば》を突き付けられた格好になる。

七月二十七日、一報を受けた弘中が二千の兵を率いて郡山城に入った。元就は具足姿で広間に入り、嫡子・隆元、次男・元春、そして桂元澄や福原貞俊《ふくはらさだとし》、児玉就忠《こだまなりただ》らの将と共に迎える。

出雲随一の武辺者・尼子国久を迎え撃つというのに、弘中の顔は不敵に笑っていた。

「元就殿の思惑どおりになりましたな」

元就も同じような笑みで返す。

「尼子方の備後国衆も、尻込みしておりますからな」

月山富田城の戦いには勝ったものの、尼子とて無傷ではない。一時離反した出雲国衆を再び束ねるため、時と財を費やしている。大内方の石見銀山を押さえるなどの動きは見せていたが、安芸にまで手を回す余裕はなかった。

尼子としては、安芸と備後は国衆を調略することで攪乱《かくらん》しておきたかったはずだ。しかし毛利が力を増したことで、両国の国衆は及び腰になり、大半が大内に靡《なび》いている。このままでは不利と見て、要《かなめ》となる毛利を叩くべく、精鋭を繰り出してきたものであった。

弘中は「ふん」と強く鼻で笑った。

「大内を揺さぶらんとするのに、国衆頼みとは片腹痛い」

沼田小早川を救援した際、元就は言った。むしろ安芸を尼子に攻めさせたいと。竹原家の一件も、三月の山名攻めも、全てそれを現実のものとするためであった。

元就はひと頻《しき》り呵々《かか》と笑い、不意に哄笑を止めて、目をぎらりと光らせる。

「新宮党を叩けば、尼子はしばしおとなしくなりましょう。毛利と貴殿で成し遂げるのです」

「そして安芸国衆は、ひとつにまとまる」

弘中と頷き合うと、元就は左手に侍する家臣二人に命じた。

「児玉、福原。明日、おまえたちは兵二千を率い、ひと当たりして参れ」

「はっ」

「承知」

勢い良く頭を下げた二人に向け、なお命じる。

「良いか。派手に暴れ回り、散々に武勇を見せ付けた上で」

そこまでで止めると、家臣たちは怪訝そうに頭を上げた。手前の児玉が探るように発する。

「散々に武勇を見せ付けて、必ず勝って参ります」

元就はゆっくりと頭を振った。

「負けて来い。完膚なきまでにな」
児玉と福原が、呆気に取られている。右手に侍する二人の息子は驚《きょう》
愕《がく》の顔を見せた。隆元が「え？」と発したきり絶句し、元春は噛み付
かんばかりの勢いで「なぜです」と身を乗り出す。
「負けるために戦に臨むなど、聞いたことがござりませぬ。左様な
ことを仰せにならず、それがしにお任せを。先に郡山を攻められた時
にも、それがし奮戦して敵を蹴散らしてござります。たとえ新宮党と
て何するものぞ」
実に頼もしい血気である。元春ならばきっと、好きに戦をさせても
勝って帰って来るだろう。元就は笑みを浮かべた。
それを見た元春は、面を朱に染めて腰を浮かせる。

「何をお笑いなされますか」

「足りぬ。斯様なことでは、隆房殿に笑われるぞ」

郡山城の戦いで陶隆房に心惹《ひ》かれたのは、己だけではない。元春も同じであった。隆房の見事な戦ぶりを見せられて以後、元春は一層真剣に兵法を学ぶようになった。

その隆房を引き合いに出したことで、元春は言葉を詰まらせる。元就はそこに、言い聞かせるように続けた。

「おまえが二千の兵を率いたとて、敵の五千をどれだけ削れる」

元春は恥じたように俯いた。尼子とて精鋭の中の精鋭を出しているのだ。どれほど奮戦したとて、まともに戦っては辛勝にしかならぬと悟ったようであった。

と、弘中が「なるほど」と腕を組んだ。

「児玉殿と福原殿、重臣二人に精兵二千を任せれば、敵も『これぞ毛利の乾坤一擲《けんこんいってき》』と見るでしょうな」

「いかにも。敵陣の布野は三十里の先にて、我らの動きを探りにくい」

ここに至って隆元と元春は「あっ」と口を開いた。児玉と福原に指示した「完膚なきまでに負けて来い」という意味を察したようである。

元就は「ふふ」と策士らしい笑みを浮かべた。

「元春。おまえには使者を頼もう。比叡尾山城、三吉殿に……何を伝えれば良いか分かるな」

「……はっ」

引き締まった目元は、どうやら戦の全容を理解している。元就は満足して、援軍に先立って元春を走らせた。

七月二十八日、児玉就忠と福原貞俊は二千を率いて郡山城を発った。

そして夕刻、わずかな供廻衆のみを率いて逃げ帰って来た。

元就は弘中と共に城の大手門まで出向き、二人を迎えた。

「どうだ」

玉の汗を浮かせた顔を厳しく引き締め、福原が答えた。

「ご下命に従い、初めは果敢に戦い申した」

次いで児玉が額を拭う。

「少しずつ押されて見せ、十人ずつ兵を逃がしてござります。その者たちは？」

元就は、ほくそ笑んで返した。

「二千のうち、千九百までは戻って来ておる。良うやった」

共にあった弘中が「さて」と声を張る。

「ここからは我らの出番ですな」

「ええ。参りましょう」

元就は頷き、弘中の手勢を中心とした三千で城を発った。暮六つ（十八時）のことであった。

尼子が陣を布く布野までは、兵を励まして走れば二時（約四時間）ほどである。だが元就は敢えて走らせず、中途で休みも取らせ、多くの時をかけた。草木も眠る丑三《うしみ》つ時（二時三十分頃）のこと、元就と弘中の兵は比叡尾山城も間近の野で休息していた。

すると数騎の武者が駆け寄って来る。路傍の石に腰掛ける元就と弘中の周囲は「すわ敵か」と身構えたが、元就が「騒ぐな」と制したことで落ち着きを取り戻した。

武者たちは十間ほど向こうで手綱を引き、馬の足を止めた。先頭の男が馬上で問う。

「毛利殿にあらせられるか」

「左様、弘中隆包殿もおられる」

元就が応じると、問うた武者はさっと馬を降りて歩を進めた。

「三吉広隆にござる。先にご子息から仔細《しさい》を聞かされており申したが、いやはや、ご辺はとんでもないことをお考えになられたものよな」

三吉を迎え、元就と弘中は腰を上げた。

「して、敵は？」

弘中の問いに、三吉は「はっ」と応じた。

「毛利殿が睨んだとおり、緒戦の勝ちに驕って酒宴を開いており申した。夜も更けた今は、すっかり寝静まっておりますぞ」

元就は大きく頷いた。

「よし……三吉殿、道案内をお頼み申す」

弘中が先般言ったとおり、尼子方は昨日の戦を毛利の乾坤一擲と見たはずだ。さもあろう、毛利は三千の兵を動かせるようになったが、郡山城は二年前と同じ二千四百を抱えるのみである。そこから二千の兵を出し、毛利の柱石たる重臣二人に任せたのだ。

その戦いに、負けた。児玉と福原が奮戦して「見せた」からこそ、尼子は負けて「見せた」ことに気付かない。

戦に於いて――否、生きる上で最も戒めねばならぬことは何か。油断である。猛将・尼子国久ほどの男なら百も承知であるはずだ。しかし昨日の一戦で、尼子軍の前には「楽に勝てる」と示す以外のものがなくなっていた。

元就は腰を上げ、軍兵に向けて大音声に命じた。

「これより敵陣に向かう。高鼾《たかいびき》で眠っておる奴らを、思うさま蹴散らすべし」

続いて弘中が猛々しく声を上げた。

「列、整えい」

尼子をしばし黙らせるには、精鋭・新宮党を叩きのめすのが何よりも効く。元就は以後の行軍を駆け足に切り替え、黎明の時を迎える少し前に敵陣へと至った。地の利を知る三吉が森の中を先導したため、敵陣間近に至るまで気取られることはなかった。

布野の尼子陣では、篝火の傍に数人の不寝番が立っているものの、ひっそりと静まり返っている。全て三吉が報じたとおりだ。

「掛かれ」

元就の号令に従い、丘が喚声を上げて馳せる。不意の喧騒に見舞われた敵陣では、不寝番が松明《たいまつ》を持って駆け回り始めた。

だが、遅い。敵兵が押っ取り刀で出て来た頃には、既に元就の兵は陣に肉薄していた。

「当たれ」

弘中が叫ぶ。先陣の足軽が長槍を掲げ、猛然と振り下ろした。

たった今まで寝こけていた敵兵である。陣笠や兜はおろか、油断しきって具足まで脱いでいるとあっては、抗し得るはずもなかった。繰り返し叩き下ろされる足軽槍から逃げ惑い、一斉に放たれた矢に追い立てられて、たちまちのうちに崩されてゆく。右往左往する兵を蹴散らして、毛利軍はついに陣所に踏み込んだ。

「蹴破れい!」

元就の下知に従い、いくつもの陣幕が叩き払われた。幾人かの将の姿があったが、それらとて何もできぬまま逃げてゆく。

次、また次と陣幕を払って進むと、ひと際大きな陣幕に行き当たった。紺地に白く染め抜かれた平四つ目結の将旗は、これぞ敵大将の在所である。しかし陣幕を剝《は》ぎ取った中に、既に人影はなかった。戦行李や床机などの荷を打ち捨て、尼子国久も逃げ去っていた。

七月二十九日の未明、尼子軍は壊滅した。この報は数日で安芸の各地にもたらされ、以後、元就と弘中は安芸国衆の信望を集めることとなった。

第二章　変転

一・武任憎し

天文《てんぶん》十三年（一五四四年）十二月、もう少しで年も改まろうかという頃、大内《おおうち》家中に吉報があった。当主・義隆《よしたか》の側室・小槻《おつき》氏——おさいの方とも呼ばれる——が懐妊したという。隆房《たかふさ》は報《しら》せを受けて築山《つきやま》館《やかた》に上がり、主君に目通りして祝辞を述べた。

「まことに、めでたきこと。和子《わこ》様であれば大内も安泰にござります」

義隆は締まりのない笑みを見せた。

「気の早いことよのう。生まれるまでは、和子か姫か分からぬと申すに」

「いいえ。和子様であられるよう、それがし神仏にお祈り申し上げる所存にて。必ずや」

昨年の山名理興《やまなまさおき》との戦いを機に、尼子《あまご》との和議はなし崩しに消え去った。今年七月には元就《もとなり》が新宮党《しんぐうとう》を完膚なきまでに叩き、十一月には小早川隆景《こばやかわたかかげ》が竹原《たけはら》家を継いだ。肝胆相照らす仲の元就が力を付けているのは、隆房にとって喜ばしい。良いことばかり続いている。残るは
――。

「ついては隆房、正月の祝いに懐妊の祝いを重ね、連歌の会でもと思うのじゃが」

「はっ……。されど今年は二月会《にがつえ》が終わってから毎月、舞や連歌の会を開いておりましたが」

二月会とは大内家の氏寺・興隆寺《こうりゅう》に於《お》ける家中最大の年中行事であった。五穀豊穣《ほうじょう》を願って舞を奉納し、歌を詠み、また弓の腕を競う歩射などで武芸を奉納する。これを取り仕切る大頭役は重臣の籤引《くじび》きで決められる。名誉ではあるが、行事費用の一切を賄わねばならない。

「慶《よろこ》びごとあらば、何度でも開く。それで良いではないか」

義隆は何とも太平楽なことを言う。二月会での遊興はまだ良い。だがその後については、話は別だった。隆房の顔から先までの笑みが消えた。

「連歌や舞の会に使う財とて限りはありましょう。お方様がご懐妊となれば、少しはお控えあって然《しか》るべきかと」

「……気を紛らわしたくてのう」

寂しげな声は晴持《はるもち》の一件を言っている。これを出されると弱い。隆房は目を伏せたが、ぐっと奥歯を噛《か》み締め、「えいや」と心中に踏ん切りを付けた。

「御屋形《おやかた》様は大内の当主なのです」

晴持の死は一年半も前の話だ。悲しみや寂しさを紛らわすべき時など、とうに過ぎている。それを分かって欲しいと、言いたくないことを敢《あ》えて言った。

「安芸《あき》とて、毛利《もうり》元就殿と弘中《ひろなか》が奮戦して保っておりまする。皆、御屋形様のために血を流しておるのですぞ」

義隆はつまらなそうに溜息《ためいき》をついた。

「分かっておる。いやさ、武任《たけとう》に相談したら、好きなことをして過ごせば早《はよ》う忘れると申すものじゃからな」

隆房の眉間《みけん》に皺《しわ》が寄った。腹の中が重くなる。また相良《さがら》か――。

「恐れながら。毛利を頼んだことが仇《あだ》とならぬよう、御屋形様がお気を確かになされねば」

主君が頼りないと判ずれば、見限ることも、果ては下の者が取って代わることすらも是とされる世の中である。麾下《きか》の国衆に敢えて力を与えた意味はさすがに義隆も分かっているようで、少し頼りないながらも、うん、うん、と頷《うなず》きながら返した。

「相分かった。懐妊祝いの会を終えたら、な」

「おお……。お聞き入れくださり、恐悦に存じ奉ります」

隆房がやっと眉《まゆ》を開くと、義隆はまた鷹揚《おうよう》な笑みを見せた。

「それより隆房。おさいには、もう会《お》うたか」

「滅相もない。御屋形様のお許しなくしてお目通りなど」

義隆は「はは」と失笑を漏らした。

「わしと其方《そのほう》の間柄で遠慮は要らぬ。おさいにも祝辞を述べてやれ。きっと喜ぶ」

促されて、隆房は広間を辞した。

築山館は東側が女たちの住まう御殿となっている。ここに立ち入れるのは女官のみで、男は歴代の陶《すえ》家当主を除き、大内家当主の許可がなければ赴くことはできなかった。

敷地の東南の庭には、館の名の由来となった築山がある。これを眺めつつ廊下の角を左に折れて、静々と歩を進める。二十間ほど向こうの正面に奥之間――義隆正室・貞子《さだこ》の居所が目に入った。隆房は立ち止まり、ぽつりと漏らした。

「……やりきれぬだろうな」

貞子は齢《よわい》十五で大内家に嫁ぎ、長らく子宝に恵まれないできた。義隆が晴持を養子に取ったのもそれが原因である。加えて側室の小槻氏は、元々が貞子付きの侍女だった。

「やりきれぬ、か」

忸怩《じくじ》たる思いは貞子だけではあるまい。先に大友《おおとも》から猶子に取った晴英《はるふさ》とて、やり場のない思いを抱いていよう。何しろ小槻氏が男児を産めば、大友家に帰されてしまうのだ。

だが致し方ない。実子があれば、それが次の家督を取るべきである。義隆とて今の怠惰な暮らしを改めてくれるだろう。少しばかり感じた胸の痛みを忘れるために大きく呼吸して、隆房はまた歩を進めた。

奥之間は周囲を廊下で囲われていて、小槻氏の在所は手前の廊下ひとつを挟んだ中之間にあった。そこを指して進む。

と、中之間の障子がすっと開いた。出て来た者を見て、隆房は顔を強張《こわば》らせた。

相良武任であった。

陶家当主の隆房を除き、家臣は義隆の許しがなければ東の御殿に入れない。だが相良を寵愛《ちょうあい》する義隆である。小槻氏への祝辞をと言われ、認めたことは十分に考えられる。

相良は廊下の向こうから、こちらへと歩いて来る。隆房は努めて相良の顔を見ないようにしながら、しかし心中にはささくれ立ったものを覚えて中之間に向かう。擦れ違う刹那《せつな》――。

相良が笑みを見せた。嫌らしい自信に満ち溢《あふ》れ、勝ち誇ったような、小馬鹿にしたような、何とも鼻持ちならぬ笑みである。面には、やや上気した赤みが差していた。

普段なら、難癖でも何でも良い、怒鳴り付けているところだ。しかしこの時の隆房は、そうしなかった。ここが女たちの住まう場所だからではない。相良の笑みに、ただならぬものを感じたからだ。

背筋が凍りそうな思いがした。歩を止めて振り返り、遠ざかる背を見て口の中で囁《ささや》く。

「わしは……何という」

己は今、恐ろしいことを考えている。

騒ぎ立つ胸で小槻氏の居所に向かったものの、隆房は祝辞もそこそこに切り上げて築山館を辞した。そして南門正面の自邸には戻らず、向かって右隣の館、内藤興盛《ないとうおきもり》邸を訪ねた。

内藤は隆房の室の祖父である。訪ねて行けば、よほどのことがない限り快く迎えてくれるのが常で、この日もそうであった。夕暮れ迫る頃合とあって「少し早いが」と酒を支度してくれた。

銚子を取ってこちらの杯に酌をしながら、内藤が問うた。

「さてさて、どうなされました。いくらか顔色が悪いようですが」

「その……ですな」

己《おの》が頭の中にあるものを、どう伝えれば良いのだろう。口籠《くちご》もっていると、内藤は「ふむ」と頷いて口を開いた。

「まず、お気持ちを楽になされよ。何を仰せられても、ここだけの話といたします」

隆房は、ほっ、と息をついた。だが胸の閊《つか》えをそのまま伝えるのは憚《はばか》られた。

「その、おさい様がご懐妊なされまして。お慶びを申し上げに伺ったのですが」

「ご懐妊は聞き及んでおりますぞ。それがしも御屋形様に祝辞を申し上げた次第。もっとも陶の当主たる貴殿と違い、お方様へのお目通りは叶《かな》いませなんだが」

言い終えて、内藤は怪訝《けげん》な顔になった。

「それが何か？」

「実はお方様の居所から、相良が出て参ったのです。御屋形様の寵を受ける者ゆえか、とも思うたのですが……どうも気になりまして」

内藤は「ああ」と得心顔で応じた。

「三ヵ月ほど前でしたかな。相良が娘に歯黒初めをさせたいと申して、お方様の侍女に筆親《ふでおや》を頼んだのです。御屋形様に於《お》かれては、その段取りの話で東の御殿に渡るのには一々許しを得ずとも良いと仰せられました」

「何と」

びりびりと背が痺《しび》れた。疑いばかりが膨らんでゆく。

内藤は、こちらの驚きの理由を勘違いしたのだろう、こともなげに返した。

「ご存知ありませなんだか。まあ、貴殿は小早川の一件で奔走しておられましたからな」

「そう……でしたか」

発して、隆房は膳《ぜん》に置いた杯を取り、一気に干した。

女児の歯黒初めは男児の元服に当たる。筆親とは娘に初めて歯黒を入れる者、元服の烏帽子《えぼし》親に当たる役回りであった。それを小槻氏の侍女に頼むというのは、理のないことではない。だが相良ほど主君の寵を受ける者なら、同じ侍女でも正室の侍女に頼むのが当たり前である。

内藤は再びこちらの杯に酒を注ぎながら、癪《しやく》に障る、とでも言いたげに発した。

「相良の娘はまだ五歳とか。歯黒初めには早すぎましょう。御屋形様に続いてお方様にも取り入ろうとしているのだと、皆が眉をひそめておりました」

杯の中に酒の濁りが満ちてゆく。それに応じて隆房の思いも濁っていった。

内藤の見立ては違うかも知れない。いや、違うのだ。

相良が動いたのは、己が奔走している間だった。竹原小早川の一件は安芸の動静に、ひいては大内家に関わる重大事である。そうした中、なぜ相良は早すぎる歯黒初めを思い立ったのか。

(間が良すぎる)

義隆とて身に覚えがあればこそ、小槻氏の懐妊を喜んでいるのだろう。だが大友家から晴英を猶子に迎えた途端の懐妊である。正室の貞子も、当の小槻氏も、長らく子を生《な》していなかったにも拘《かかわ》らずだ。

相良は初めから小槻氏に近付くため、娘の歯黒初めを思い立ったのに違いない。そして、侍女の主たる小槻氏と親しくなった。

男児を産めば、小槻氏は東の御殿に於いて正室・貞子よりも優位に立てる。相良と共に「義隆の嫡男」をでっち上げようとしているのではないか。己と擦れ違った時の、相良の下衆《げす》な笑みを思い出すほどに、そう思えてならなくなる。
隆房の胸は恐ろしい考えに侵されていた。産まれてくる子が男なら、大内の嫡男となる。義隆の子でないかも知れぬ世継ぎを、己は認められるのだろうか。

*

小槻氏の懐妊が報じられてからというもの、隆房の心は晴れないままだった。小槻氏と相良の不義密通を疑っているがゆえである。証《あかし》など、どこにもない。だがあの日の相良の不愉快な笑みによって、そうとしか思えなくなっていた。本来ならただ喜ぶべき話なのに、疑心暗鬼に囚《とら》われている自らに嫌気が差す。それ以上に、相良には甚だ苛立《いらだ》たしいものを覚えた。

そうして年が改まり、天文十四年（一五四五年）三月となった。評定の広間で主座の右手筆頭に腰を下ろしていても、出て来るのは溜息ばかりである。

「陶殿、如何《いかが》なされた」

右隣から内藤に声をかけられ、隆房は「何でも」と応じる。内藤はいささか腑《ふ》に落ちぬという顔で、小声を寄越《よこ》した。

「ならば良うござるが、ここしばらく、お会いするたびに沈んだ顔ばかりゆえ。今日は久方ぶりの評定ですぞ。御屋形様に斯様《かよう》な顔をお見せしてはならぬかと」

「承知しております」

笑みを作って応じる。自らの顔がぎこちないことを、隆房は察した。

やがて主君・義隆が広間に参じた。相良を傍らに伴っている。それだけで、今日の評定がまともな話ではないと察した。

筑前《ちくぜん》の杉興運《すぎおきかず》を除く分国守護代と評定衆が一斉に顔を上げる。義隆がのんびりとした声で「面を上げよ」と発し、皆が居住まいを正した。

「今日は、命じたいことがあって皆を集めた」

だとすると、やはり評定であって評定ではない。単なる通達である。何の話だろうかと、隆房は主君に怪訝な顔を向けた。しかし義隆は見ていなかったようで、朗らかに続けた。

「世は戦乱である。京も何かと物騒でのう。前関白《さきの》・二条尹房卿《にじようただふさきよう》より、山口《やまぐち》に逃れたいとのお申し入れを頂戴《ちようだい》した」

つまり、迎え入れるための賦役を命じるということか。領民から賦役衆を集め、それらに渡す賃金を支度するだけで済むが、だからと言って簡単な話ではない。時節はそろそろ田植えという頃で、百姓にとっては迷惑な話であろう。分国の守護代としても、こうした賦役での負担は馬鹿にならない。隆房は面持ちを曇らせた。

義隆の後を引き取り、相良が口を開いた。

「御屋形様に於かれては、二条卿をお迎えするために屋敷を普請し、道を整えるべしと仰せにござる。祝宴も要るであろう。能、狂言、連歌の会に加え、山海の珍味や酒を――」

「御屋形様！」

相良が全てを言い終える前に、隆房は驚きの声を上げた。

「一月に連歌の会を催した後は、しばしお慎みくださるとお約束したではござりませぬか」

「待たれよ。陶殿はこの話を何と心得る。二条卿をお迎えするとあらば、礼を尽くすは当然ぞ」

応じたのは義隆ではなく、相良であった。先に発言を遮られ、不愉快を顕《あら》わにしている。隆房は義隆から相良へと目を向け、憤《ふん》怒《ぬ》の形相で「何を」と食って掛かった。

「礼を尽くすと贅《ぜい》を尽くすは異なるものだ。それすら分からぬ蒙《もう》昧《まい》は黙っておれ」

顔を合わせるたびに一触即発となる。義隆が呆《あき》れたように「隆房」

と口を挟んだ。

「礼と贄は異なるものじゃが、都人をもてなすには贄も必要であろう」

「いいえ！」

体ごと義隆に向き直る。胡坐《あぐら》の両脇に拳《こぶし》を突き、肘《ひじ》を張って身を低くしながら、顔だけは主君に向けて諫言《かんげん》を吐いた。

「大内は尚武《しょうぶ》の家柄にて、奢侈《しゃし》は戒めねばなりませぬ。たとえ相手が前関白であろうと、郷に入らば郷に従うべしと存じます。小槻のお方様をお迎えした折も、父君・小槻伊治《これはる》様のために屋敷と道の普請を行ない、婚礼の儀とて十日に亘《わた》る祝宴を張られましたろう。こうしたことのある度に、各国領民の労苦、守護代の散財は並々ならぬものがござります」

義隆は、こともなげに応じた。

「天役《てんやく》で何とでもなろう」

民百姓に課す臨時の徴税である。これを聞き、隆房の隣で内藤が渋い声を上げた。

「お待ちくだされ。昨秋の年貢や抽分銭《ちゅうぶんせん》も使い果たされたと仰せですか」

大内家は瀬戸内海の西域に加え、玄界灘《げんかいなだ》も制している。この海を縄張りとする宇賀島《うかしま》水軍や能島村上《のしまむらかみ》水軍を通じ、朝鮮と交易をする商人から莫大な抽分銭、或いは駄別《だべつ》銭と呼ばれる税を取り立てていた。こうした財力こそ西国の雄たる立場を裏打ちするものなのに、義隆の学芸や遊興三昧で使い果たしているとは一大事である。

内藤の向こうで、杉重矩《しげのり》が憤懣《ふんまん》やる方ないという声を上げた。

「陶殿、貴公はなぜこれを見過ごした。家中第一席とあらば、知らなんだでは済まされぬ」

内藤は宥《なだ》めるように杉に顔を向け、然る後に義隆に目を戻した。

「やはり陶殿が仰せのとおり、切り詰めねばならぬでしょう。そも」

「黙らっしゃい！」

相良が一喝し、内藤の言を遮った。そのままの勢いで居丈高に捲《まく》し立てる。

「陶殿も内藤殿も、小賢《こざか》しいことを申すでない。大内を頼る公卿《くぎょう》衆に対して面目を潰《つぶ》さば、御屋形様の恥となるのだぞ」

隆房の箍《たが》が外れた。右膝《みぎひざ》を立て、懐から短刀を取り出して左手で鞘《さや》を摑《つか》む。

殺してやる――その覚悟を感じ取ったか、相良は「ひっ」と短く悲鳴を上げて、座ったまま腰を抜かした。

そうとも。もっと早く、こうしていれば良かったのだ。この男さえいなければ、主君はこうも堕落しなかった。小槻氏の腹の子について憂える必要もなかったろう。今からでも遅くない。奸物《かんぶつ》、除くべし。

いざ抜き払おうとした右手を、二人に摑まれた。右膝の内藤、そして正面に並ぶ中から飛び出した弘中である。

「離せ！　離してくれ」

「なりませぬ」

弘中が肘に縋《すが》り付き、渾身《こんしん》の力を加えてくる。内藤が、こちらの手首を手刀で打ち据えた。

「家老筆頭が、御屋形様の御前で刃傷沙汰《ざた》などとは！」

日頃の温厚な人となりからは想像も付かぬ、峻厳《しゅんげん》な怒声であった。

だが顔は違う。悲しみを湛《たた》えていた。騒ぎを収めに掛かった心境を察し、横合いから頭を殴られたような気がした。

総身から力が抜ける。隆房は短刀を手放し、尻《しり》をぺたりと床に落とした。

「分かってくだされたか」

再びかけられた内藤の声は、いつもの穏やかな口調に戻っていた。

その向こうの席で、杉重矩が呆れたように溜息をついている。

それとは違う安堵《あんど》の息が聞こえた。義隆だった。

「隆房よ。大内の今日があるは、陶家に支えられてきたからこそである。先祖に免じ、此度《こたび》の狼藉《ろうぜき》は不問に付す」

義隆は、すくと立って評定の広間を後にした。隆房はしばし呆然《ぼうぜん》としていたが、義隆の足音が次第に小さく聞こえるようになった頃、衝《つ》き動かされるように立って走り出した。

主君の背を追い慕って廊下を駆ける。義隆が気付いてこちらを向くと、隆房は立ち止まって平伏した。

「まこと、面目次第もござりませぬ。されど！　それがしの先祖に免じると仰せなれば、御身のご先祖様を思うてくださりませ。斯様に遊び呆《ほう》けておられて、大内を大身に育て上げたご累代に顔向けできましょうや」

「隆房」

向けられた声の力のなさに、驚いて頭を上げた。義隆の面持ちは晴持を失った頃と同じ、何とも透き通ったものであった。

「晴持が死んで、わしには分かった。人の一生とは短いものよ。そしてな、これほど不確かなものはない。なればこそ短い生涯で知り得る全てを見聞きしたい。それができれば、死もまた本望というものよな」

抑揚のない声で言い終えると、背を向けて立ち去った。隆房は何も言うことができず、去り行く主君の姿をただ呆然と眺めた。

義隆は変わってしまった。歌や舞などの芸道は元から大いに好む人だったが、それでも、かつては大内の武を体現せんと背筋を伸ばしていたのに。やはり晴持を失ったからだ。いつまでも悲しみを引き摺《ず》っているような愚物ではない。だが愚物でないがゆえ、悲哀を通り越して世の無常を悟ってしまったのだ。

月山富田《がっさんとだ》城の戦いで、義隆は紛糾する評定を折衷し、様子を見ながら少しずつ兵を進めると決めた。兵の士気を保つのに苦労している中、中途半端なやりようが敗戦を招いたのは明らかである。あの時、もしも相良が余計なことを言わなかったら。一気に城攻めに掛かっていれば、大内は出雲《いずも》をも併呑《へいどん》していただろう。晴持とて――。

思って、隆房は力なく頭《かぶり》を振った。

「わしのせい……なのか」

相良だけではない。晴持も、弘中も、あの毛利元就でさえ撤退を是としていた。兵を進めよと言い張ったのは己ではないか。

廊下に跪《ひざまず》いた格好から、隆房はさらにくずおれた。背を丸めて頭を抱え、涙を落とす。

なぜ義隆は己を許し続けるのだろう。敗戦の責を問い、此度の狼藉を咎《とが》めてくれたら、どれほど楽なことか。己に罰を与えれば、義隆とて自らを律さぬ訳にはいかなくなるのが道理だ。そのためなら、たとえ腹を切る羽目になっても満足だというのに。

「このままでは」

敬愛する主君を生み育んだ土壌、大内家まで崩れてしまう。大内による西国の支配、義隆を天下人にするという夢も露と消えてしまう。

それすらも全て自らが招いたことなのか。

思い、悩み、煩悶《はんもん》する。両手の爪が、抱えた頭に食い込んだ。

と、背後に近寄る足音がある。

「陶殿、帰りましょう」

内藤であった。左腕を引っ張られてふらふらと立ち上がり、隆房は足を引き摺るようにして築山館を辞した。この日ばかりは、義隆の見送りもなかった。

*

義隆は不問に付すと言ってくれたが、それで良しとすることはできない。隆房は宮川《みやがわ》を築山館に遣《や》って、三月一杯、自邸に蟄居《ちっきょ》すると伝えさせた。

暦の上は春でも、三月末となると初夏の様相を呈し始める。陶邸の庭にも新緑が目に眩《まぶ》しい。隆房は居室に座して、ぼんやりとそれを眺めた。

己が蟄居したせいで、ここぞとばかりに相良が佞言《ねいげん》や讒言《ざんげん》を弄《ろう》しているやも知れぬ。だが信じたいのだ。義隆はきっと、かつて寵童として仕えた己に一片の情を残してくれていると。そして、己が自らを律したことに何かを感じてくれるはずだと。

「殿」

左手、東側の廊下から宮川が進み、庭を眺める視界の端で跪いた。

「杉重矩様、青景隆著《あおかげたかあきら》様がお越しです。御屋形様からのご使者とのことですが」

隆房は弾《はじ》かれるように身を乗り出した。

「通せ。すぐに、丁重にだ」

切羽詰った声音に軽く身じろぎしながらも、宮川は「はっ」と応じて玄関に向かう。そして先に名の上がった二人を居室に導き、一礼して立ち去った。

「わざわざのお越し、痛み入る」

隆房が頭を下げると、まずは杉が厭味《いやみ》を発した。

「命じられもせぬのに蟄居とは、殊勝なことよな」

「御前での不始末ぞ。当然にござろう」

隆房の静かな言葉を嫌そうに聞きながらも、杉は小さく頷いた。

「されど相良め、あれで少しは懲りたと見える」

「はて、それは？」

何とも意外な気がして仔細《しさい》を問うと、今度は青景が朗らかに発した。

「陶様、お喜びくだされ。御屋形様が、貴殿のご嫡子、五郎《ごろう》殿に嫁を世話してくださるとの仰せですぞ」

陶五郎――隆房が二十歳の時に生まれた子である。もっとも父たる隆房も未《いま》だ齢二十五、五郎は六歳を数えたばかりであった。

「御屋形様のお声がかりなれば有難きお話なれど、六歳の子に縁談など、早すぎるのではと存ずるが。それに」

続く言葉を飲み込んで杉を見る。この話と相良と、何の関わりがあると言うのか。

思うところを察したか、杉は眉根を寄せた珍妙な笑顔を返した。

「おさい様から御屋形様に進言なされたらしい。先だっての貴公の剣幕で相良が怯《おび》えている。ついては相良の娘を五郎殿に嫁がせ、両家の仲を取り持ってはどうかと」

不意打ちの一刀を喰《く》らった気分である。総身が嫌な痺れを湛え、腹の中に熱いものがこみ上げてくる。顔が強張った。

こちらの様子を見ても、杉は何とも感じないらしい。極めて無愛想に続けた。

「おさい様の侍女は、相良の娘の筆親だ。相良は歯黒初めの段取りで、何度も東の御殿に出入りしておるしな」

隆房の額に、じっぱりと汗が滲《にじ》んだ。右の掌《てのひら》で拭《ぬぐ》い、袴《はかま》を握り締める。「違う」と声にならぬぐらいの囁《ささや》きが漏れた。

相良は怯えているのではない。陶家を、この隆房は無理だとしても、子の五郎を取り込もうとしている。不義密通の末に生まれる「義隆の子」の力とするために。

「何にしても、めでたきことにござりましょう。相手が相良の娘というのが珠《たま》に瑕《きず》とは申せ、御屋形様のお声がかりで縁談など、羨《うらや》ましき限りにござります」

青景が穏やかな笑みを見せた。隆房は、はっと我に返った。

これは主君の下命なのだ。受けぬ訳にいくものか。相良家との縁組は己にとって罰に等しい。罰して欲しい、その代わりに義隆が自らを律してくれればと思ったではないか。

床に手を突いて頭を下げながら、隆房は発した。

「まこと……有難きお話にて。御屋形様に、よろしく、お伝え……」

しかし、そこで涙が零《こぼ》れた。

果たして、これで義隆が自らの行ないを戒めてくれるだろうか。

否。そんなはずがあるものか。これが罰だと言うのなら、それは悪意の発露でしかない。心に毒を宿した人が、自ら襟を正すなどとても期待できぬ。そもそも我が主君は、義隆は、断じて斯様な悪心を抱く人ではないのだ。

隆房は滂沱《ぼうだ》の涙で顔を上げ、激しく発した。

「お断り申す！　五郎は陶の嫡子なれば、杉、内藤、問田《といだ》、右田《みぎた》など、家中に重きを為《な》す家から嫁を取るのが筋にござろう。何とて相良ごとき坊主落ちの娘などと娶《めあ》わせられようか」

杉と青景は、何を聞いたか分からぬという面持ちで目を丸くする。

そこへ向けて、なお怒鳴り散らし、捲し立てた。

「貴公らも舅御《しゅうとご》を親と思うておられよう。然らば五郎に、相良を親と仰げと申されるか。我が子の親にあのような戯《たわ》け者など言語道断、不足にござる。それがしの申しよう、理に非《あら》ずや」

床板を何度も拳で殴り付け、涙ながらに怒声を張る。青景は気圧《けお》されつつ「無理もないか」という顔を見せるに至った。

だが杉は違う。この上ない仏頂面になった。

「御屋形様のご意向を蔑《ないがし》ろにすると申されるか」

「御屋形様ではない。相良が陶を喰らわんとして、おさい様を通じて手を回したのみぞ。あのような者に陶家を乗っ取られたら大内家が潰《つい》えよう。左様なことも分からぬとは！」

「何と乱暴な物言いぞ。それがしの面目を潰す気か」

隆房は激しく首を横に振った。

「知ったことではない。それがしは一にも二にも、大内の行く末をこそ第一と考えておる」

杉は明らかな嫌忌を顔に湛えた。口を開き、腹の底からの怒声を飛ばす――。

その寸前、青景が両者に割って入った。

「陶様、まずは落ち着かれませ。御屋形様とて、此度は貴殿のご内意を確かめようとしただけにござります。杉様も、御屋形様へのご返答は、それがしにお任せを」

必死を絵に描いたような仲裁であった。隆房も杉も、青景には別意がない。宥められて双方矛を収めた。

「……それがしの言葉、過ぎたるところがござった。許されよ」

隆房が頭を下げると、杉は面白くない顔ながら、二度、三度と頷いた。

「縁談は断られたと、御屋形様に……相良にも伝えておく」

杉と青景は、背に重い気配を漂わせながら立ち去った。

もし義隆が隆房を疎んじていたなら、縁談を断ったことで咎めを受けたろう。しかし、そうはならなかった。数日して義隆からは別途の使者があり、四月を迎えたら元どおりに出仕せよと言伝《ことづて》を寄越したほどであった。

＊

四月一日の朝、隆房は早くに目を覚ました。床を出て一番で屋敷裏手の井戸端に向えば、空が白んだばかりである。早暁の未だ冷たい空気の中で寝巻を脱ぎ捨て、井戸から汲《く》み上げたばかりの水をかぶった。身を清めるべし。心を引き締めるべし。今日からまた出仕するのだ。思いつつ、何度も、何度も水をかぶる。

すると音が届いたのか、隣家――内藤邸から声が掛かった。

「陶殿にござろうか」

内藤興盛であった。隆房は少し恐縮して桶《おけ》を地に置いた。

「これは内藤殿。朝も早うから、起こしてしまいましたか」

内藤は鷹揚な笑い声を出した。

「なに、年を取ると朝も早うなりましょう。それがしも五十路《いそじ》に入り、このくらいの頃合に目が覚める日もありましてな。それより」

二枚の壁と、その間に引かれた小路《こうじ》越しに、内藤は厳とした声を寄越した。

「お話ししておきたいことがあり申す。朝餉《あさげ》の後でお伺いしたいのですが、良うござろうか」

「無論です」

怪訝《けげん》に思いながらもそう返し、隆房は行水を終えた。内藤を迎えるため、自らの朝餉も急がねばならなかった。

一時ほど後、明六つ半（七時）に内藤は訪ねて来た。居室に招いて麦湯を勧める。

「何ぞ、大事なお話がおありのようですが」

探るように問うと、内藤は少し困った顔で発した。

「御屋形様お声掛かりの縁談を断ったと聞きましてな」

「ああ……そのことにございますか」

自らの顔に嫌なものが湛えられるのが分かった。相良の関わる話だけに、止めようがない。

「もしや、曲げてでもお受けすべしとお思いですか」

内藤は大きく首を横に振って「いえいえ」と応じた。

「相良は我ら譜代の者を舐《な》めて掛かっておりますれば。貴殿がお断りあったこと自体は、さすがの気骨と感服仕《つかまつ》っておりました。されどご使者の杉殿を悪し様に罵《ののし》られたのは、お諫《いさ》めせねばならぬと思いましてな」

隆房は眉をひそめた。

「さは申せ、杉殿はただお役目を果たすを第一とし、陶の子が相良の娘を娶《めと》るのがどういうことか、考えようともせなんだのです。家中第一席の家柄を保つことは、大内の面目を保つための道と存じますが」

静かに抗弁すると、内藤はくすくすと、おかしそうに笑った。

「何とも、貴殿と杉殿は似ておられますな」

「それがしは、あれほど考えの足りぬ者でしょうや」

心外だと態度に表すと、内藤はごく短く返した。

「はい」

あんぐりと口が開いた。そこへ追い討ちの言葉が飛んで来た。

「さもなくば、御屋形様の御前で相良を斬ろうといたしますかな。それも、二度めです」

「いや、しかしですな」

やり込められて言葉を濁す。内藤はのんびりとした口ぶりで続けた。

「まあ、貴殿がやらねば杉殿がやっておったでしょうな。何しろあの後で、どうして止めたのかと文句を言われ申した」

そして「ははは」と愉快そうに笑う。意外な話を聞き、隆房は目を丸くした。

「あの杉殿が……」

そこまでで、内藤の顔が急変した。憤懣《ふんまん》やる方ないという風である。どうしたのかと、隆房は眼差《まなざ》しで訳を問うた。

内藤は奥歯を噛《か》んで口を真一文字に結び、唇の隙間から滑らせるように溜息をついた。

「縁談を断られた腹いせに、相良が放言しておりましてな」

そもそも相良家は肥後《ひご》の名家の流れを汲み、将軍の家人たる家柄だ。今は幕府の威勢が振るわぬゆえ陶の風下にあるが、本来なら相良は将軍直参、陶は陪臣《またもの》ではないか。そう言ったらしい。五郎の舅に相良では不足――隆房の言への意趣返しである。

「陶家が陪臣だと申し、それゆえ相良が上だと申すは、つまり大内家中は全て相良の下だと断じたに等しいのです。いやさ、それだけならまだしも、公方様直参の大内とて相良と対等という話になりましょう。人の本心とは斯様な時に出るものにござれば」

内藤の話を聞くほどに、隆房の顔は険しくなった。

「あの無礼者が……」

誰に何を言われようと、やはりあの場で斬ってしまえば良かった。こうなると、己を止めた内藤や弘中は余計なことをしたとさえ思えてくる。

「なぜ」

発して、隆房はすぐに口を噤《つぐ》んだ。なぜ止めたのかと、杉と同じことを言おうとしている。

察したか、内藤はいくらか面持ちを緩めた。

「貴殿は謀《はかりごと》に長《た》け、戦も巧《うま》く、政にも通じておられる。人の心が如何なる時に如何様に動くかを知っておられるからだと、毛利殿は申しておりましたな。されど、良くも悪くも真っすぐと申しますか、一本気に過ぎます。杉殿が何を思うておられるのか、汲み取ってやる度量も必要ではござりませぬか。杉殿だけではない。かく申すそれがしも、弘中や青景も同じ、相良の横柄な振る舞いには常々苦い思いを抱いており申す。陶殿にはそうした皆の旗頭になってもらわねば」

隆房は素直に頭を下げた。

「忠言、肝に銘じます。然らば杉殿に詫《わ》びを」

待て、と心の中で自らを制した。杉とて、相良とは違う意味で横柄な男である。急に態度を変えれば、どう受け取るか分かったものではない。

「……今すぐにそうするのは、下策か」

「ええ。追い追い、少しずつで宜《よろ》しいかと」

「されど相良だけは、今すぐにでも何とかせねば」

隆房は目元を厳しく改めて内藤を見つめた。

評定とは名ばかりの一方的な通達があった日、義隆は相良を伴って広間に入った。つまり二条尹房を迎えるための天役云々《うんぬん》は、相良の佞言に違いない。話をこじれさせて刃傷騒ぎを招いたのも、その後の婚姻云々のごたごたも、全て相良が発端なのだ。

内藤も同じ気持ちなのだろう、眦《まなじり》を決して応じた。

「ええ。あの者の思うとおりにさせては、大内は行き詰まります」

「然らば、それがしの出仕挨拶《あいさつ》にご同席くだされ。御屋形様に厳しく諫言いたします」

二人は頷き合い、連れ立って築山館へと向かった。

南向きの門をくぐり、大玄関で義隆への目通りを求める旨を伝え、番兵を走らせる。二人は西の御殿へと進む廊下の中途にある支度部屋に入った。

やがて義隆の小姓が訪れ、中之間に進むよう伝える。それに従い奥へと進んだ。

評定の広間を過ぎて西へ向かい、曲がり角を右手に折れて北を指す。ここから先は東の御殿と造りが似ていて、二十間ほど向こうには廊下に囲われた奥之間が見えた。廊下を挟んで二つ手前が中之間である。

部屋の中央に並んで座ると、義隆はそう長くを待たせず入室した。隆房と内藤が平伏して迎える中、義隆は歩を進めながら「良い良い」と嬉《うれ》しそうに発した。

言葉に促されて、隆房は面を上げる。義隆は満面に笑みを見せながら、板間よりも一段高い畳敷きの主座に腰を下ろした。

「隆房よ。其方が出仕せぬ間、寂しく思うておったぞ」

優しげな声音を聞くと、胸が詰まる思いがした。やはり主君は、未だこの身を大切に思ってくれている。

「狼藉を働いた身には過分のお言葉にござります」

伏し目がちに返す。義隆は口元を扇子で隠して「ほほ」と笑った。

「あれには、さすがに驚いたがの。二度といたすでないぞ」

左隣に目を流した。同じように内藤もこちらを見ている。眼差しで頷き合うと、隆房は義隆に向いて胸を張った。

「お約束は、いたし兼ねます」

きょとん、という面持ちの主君に向け、隆房は重ねて言った。

「相良の横柄は今に始まったものに非ず。今後も同じようなことがあれば、それがしはいつでもあの者を斬ろうとするでしょう」

内藤がこれに続き、重々しく発した。

「その時には、それがしも止めませぬ。杉殿や問田殿、弘中、江良《えら》、青景らも同じです」

義隆の顔が青くなった。唇をわなわなと震わせ、恐怖に顔を引き攣《つ》らせている。

「其方ら……何を申しておるのか」

「御屋形様」

隆房は主君への思いの全てを、この呼びかけに込めた。義隆はいくらか安堵した風に、顔から力を抜く。それを見て平伏し、声を張った。

「それがしが自ら蟄居したことを、如何様にお考えあそばされたでしょうか。相良の横車を許せず、罪と知りつつ狼藉に及んだのです。全ては大内家のため、御屋形様のため、それをお分かりいただくための蟄居にござりました」

「それは、うむ、分からぬでもない。されど横車とは、これまた
……」

慌てて応じた主君に向け、左隣で内藤も平伏した。

「陶殿が蟄居された元凶は、先の評定にござります。学芸と遊興に財を使い果たし、今また天役をと……これを聞けと仰せあるなら、然るべき代償を要するのではござりませぬか」

義隆は取り乱した風に「隆房」と発した。

「まず面を上げよ。何とか申せ」

隆房は再び頭を上げ、背筋を伸ばした。

「四月を迎えて再びの出仕と相成りました上は、家老筆頭として御屋形様をお諫めせねばなりませぬ。年貢と抽分銭が底を突いたからと言って、安易に天役に頼るのが如何なることか。斯様なことを続けておっては大内家の足許《あしもと》が揺らぎます」

「とは申せ、二条卿をお迎えするのは、もう決まった話じゃ」

困ったように言う。隆房は大きく頷いた。

「はい。この期に及んで体裁を保てぬとあらば、御屋形様の面目が潰れまする。ゆえに我らは此度の天役をお受けする所存。されどこの事態を招いた奸物……相良武任は、きっとご成敗なされますようお願い申し上げます」

家老筆頭・陶家の当主、三家老の一角を占める内藤家の当主、二人が揃って相良の成敗を迫ったとあっては、義隆もさすがに聞き流せなかったらしい。苦渋に満ちた面持ちで、黙ってしまった。

内藤が平伏を解き、諭すように言った。

「大内の明日がどう転ぶかは、御屋形様の胸ひとつにござります」

義隆は無言のままだったが、何とも息苦しそうな顔で小さく頷いた。

隆房と内藤はこれを以《もっ》て一礼し、中之間を辞した。

一ヵ月と少しが過ぎた五月十日の朝、築山館はひとつの報せに揺れた。

皆が出仕する中、相良だけがいつまでも顔を見せずにいる。杉重矩が家臣を遣って様子を見させたところ、築山館東門前にある相良の屋敷はもぬけの殻だった。出奔である。屋敷の門には、剃髪《ていはつ》して僧門に戻る旨の書き置きが貼られていた。

三家老が揃ってこれを報せると、義隆は「そうか」とだけ返した。隆房と内藤に送る眼差しには「これで良いのであろう」という思いが見て取れた。

相良がいなくなったことで、杉は「清々した」と上機嫌であった。だが隆房の胸には、わだかまりが残った。

義隆の態度は、相良を成敗せよと迫った時のような、取り乱したものではなかった。つまりは義隆自身が相良に出奔を勧めたのだ。一ヵ月余り間が開いたのは、受け入れ先を見繕い、整えるためだったのだろう。

どうして、と隆房は思った。なぜ義隆はこうまで相良を庇《かば》うのか。家中から弾き出しても根源を糺《ただ》せなかったなら同じである。無念だけが残る結末だった。

二・力の行方

相良武任が出奔してから一ヵ月半、天文十四年六月末のある晩、大内家中は落ち着かぬ時を過ごしていた。隆房も同じである。自らの館にあってそわそわとし、居室から暗い庭へと下りてはまた戻ることを繰り返していた。

「殿。少し落ち着かれては如何です。男の出る幕ではござらぬでしょう」

何度めかに庭に出た時、ずっと廊下に座っている宮川に声をかけられ、隆房は気まずそうに目を向けた。

「これが落ち着いておられるか」

この日の夕刻、義隆の側室・小槻氏が産気づいた。産まれてくる子が男か女か、それは家臣一同にとって最大の関心事である。だが、と宮川は呆れ顔で応じた。

「全ては成り行きに任せるしかございませぬ。ご自身の子ではないのですぞ」

もっともな言い分である。しかし隆房は明らかに面持ちを曇らせた。

「わしの子なら……何がどうあっても構わぬのだがな」

既に人の父たる身としては、何とも無情な言いようであった。これを聞いて宮川が顔をしかめる。隆房は先からの浮かぬ顔で鼻から溜息を抜き、大きく二度、首を横に振った。

小槻氏の子は主君・義隆の子として産まれてくる。だが実の子なのだろうか。昨年十二月に懐妊が報じられてからというもの、隆房の心に圧《の》し掛かり続けた疑念であった。宮川の発した「自身の子」という言葉が、ちくりとそれを刺していた。

姫であれば良い。たとえ相良の胤《たね》だったとしても、大内家の行く末を左右することはないからだ。しかし和子《わこ》なら話は別である。相良の子かも知れぬ者が大内を継ぐ――考えただけでも怖気《おぞけ》が走った。

「今のままなら」

ぼそりと漏らす。宮川が「何でしょうか」と問うような眼差しを向けてきた。ちらりと見遣って居室へと戻り、腰を下ろしながら続きを口にした。

「今のままならな、晴英様が大内の家督を取ってくれる方がよほど良い」

「何と」

宮川は思いがけぬことを聞いたという顔だった。隆房は右の掌を向け、ぽんぽんと虚空を叩《たた》くようにして「待て待て」と示した。

相良の子かも知れぬ和子、猶子の晴英、大内の血を引かぬ者が家督を取るという意味では同じである。だが猶子が家督を継ぐなら、当主も家臣も納得ずくなのだ。不義の子は皆を欺くものであり、そこが大きく違う。

不義の子というのは、或《ある》いは下衆《げす》の勘繰りなのかも知れぬ。ゆえに、この疑念は誰にも話したことがなかった。とは言え、人が心に負いきれる荷には限りがある。この苦しさを分かち合ってくれる者がいれば、どれほど良いだろう。

「宮川。おまえは、わしの家臣として忠節を誓うか」

「元より、どこまでも殿に付いて行く所存ですが」

「何があってもか」

「はい」

怪訝そうな頷きが返された。無論、宮川を信じてはいる。月山富田城の戦いで、己を逃すために体を張ってくれた男だ。改めて問うたのは、重荷の半分を背負ってくれるかどうかという意味であった。

「ならば言ってしまおう。実はな、わしは」

その時、左手の背後、門の方から大声が届いた。

「陶、尾張守《おわりのかみ》殿」

のんびりとした、抑揚のない呼びかけだった。築山館からの使者である。

「殿、しばしお待ちを」

先まで落ち着いていた宮川が弾かれるように立ち上がり、ばたばたと足音を立てて玄関に走った。そしてしばしの後、明らかに駆け足を乱して立ち戻った。

「和子様、和子様にござります」

あまりにも嬉しそうな顔と声だった。対して、隆房の胸は潰れそうに重い。影を増した面を見て、宮川は心配そうに問うた。

「如何なされたのです。先ほどと言い、今と言い。これで大内も安泰なのですぞ。もしや、お加減でも悪うござりますか」

「……そうではない。そうではないのだ」

隆房は深く、深く三つの呼吸を繰り返した後、うな垂れて発した。

「わしは今、恐ろしいことを考えている」

掠《かす》れた声で無理に絞り出し、隆房は心中を吐露した。己は疑っている。もしかしたら、産まれてきた和子は相良武任の胤かも知れぬのだと。

大友家から晴英を迎えた途端、長らく実子のなかった義隆が子宝に恵まれた。あまりにも間が良すぎる。加えて東の御殿で見た相良の笑み、その相良が小槻氏の居所から出て来たこと、全てを洗いざらい告げた。話すほどに目が潤み、隆房は縋るように宮川を見た。

「斯様な疑念を抱くなど、それこそ恥ずべきことであろう。だが」

宮川は「殿」と制して、じっとこちらを見た。

「他では、口外されていないのですな」

隆房は右手の親指で両目から涙をこそぎ取って応じた。

「無論だ。おまえ以外の誰に話せようか」

「それなら祝着です」

嬉しそうな笑みを浮かべ、宮川は何度も頷いた。

「殿の仰せ、一々もっともなお話と存じます」

「分かってくれるか」

「はい。されど証はございませぬ」

宮川は俯《うつむ》いて続けた。

「女子《おなご》は子を孕《はら》めば、いつ我が身に情けを受けた時の子か分かると申しますが……然《さ》りとて、お方様に問い質《ただ》せるはずもなく。人の心が目に見えれば楽なのですが」

隆房は「おや」と思った。何だろう、とても奇妙な感じがする。しかとは分からぬが、大事なことを聞いた気がした。

「それよりも、殿」

宮川はいったん顔を上げ、然《しか》る後に平伏した。

「これほどの話を、それがしだけに打ち明けてくださりましたこと、意気に感じてござります」

平伏した顔から、床板の上に涙がぽつぽつと落ちていた。隆房は思わず、涙交じりの失笑を漏らした。

「大袈裟《おおげさ》に申すでない」

「いいえ」

発して面を上げ、感涙に咽《むせ》びながら切々と語る。

「此度のお話、心からの信あらばこそと存じます。殿はずっと、おひとりで苦しんでおられた。今後はこの房長《ふさなが》が共に苦しみましょうぞ。武士として生まれたからには、斯様なお方にこそお仕えしたい。その思いを新たにいたしました」

宮川の心根が胸に響いた。己も同じ気持ちで義隆に仕えてきたからだ。だが昨今の義隆は、そうしたところを大きく踏み外している。この二年ばかり諫言をして容《い》れられず、何度無念に思ったことか。一方で義隆は相良の佞言に靡《なび》き、先にも相良を出奔させるために骨を折った。

「願わくは」

己も意気に感じる扱いや言葉を頂戴したいものだ――鬱屈《うっくつ》が口を衝いて出そうになる。隆房は頭《かぶり》を振って「何でもない」と続けた。

この晩小槻氏の産んだ和子は、亀童丸《きどうまる》と名付けられた。大内の嫡子が代々受け継いできた幼名である。

それから数日、尋常ならざる話が報じられた。義隆が正室・貞子を離縁し、嫡子を産んだ小槻氏を継室に据えるという。隆房は仰天し、急ぎ築山館に上がった。

いつものように中之間に入って待つ。今日の出仕を終えて自邸に戻った後、再び参じたとあって、夏の暑い日もようやく暮れようとしていた。

貞子は嫁いでから二十年来、子を生せずにいた。不産女《うまずめ》と見做《みな》された者が離縁されるのは世の習いだが、嫡子を得た直後とは如何にも性急である。障子を開け放った部屋の中、空の茜《あかね》色をぼんやりと見ながら、隆房は「もしや」と眉をひそめた。

と、義隆が部屋に入った。亀童丸を得たからか、足取りが軽い。隆房が平伏して迎えると、これも軽やかな声音で「面を上げよ」と命じられた。

「其方が急な目通りを求めるときは、大概が諫言のある時よな。今日は何じゃ」

顔が笑っている。隆房の面持ちは反対に渋くなった。諫言を吐かれると分かっていて、この態度は何なのだ。軽んじられているとさえ感じる。

「それがしが言わずとて、お分かりになっておられましょう」

少しばかり無愛想に応じたが、それでも義隆は笑みを失わなかった。

「貞子のことじゃな」

「いかにも。和子様がお産まれになったとて、未だ首すら据わらぬ頃ではございませぬか」

もし亀童丸が病弱な子であったら、どうするのか。幼くして命を落とすことも十分にある。喜びに水を差すのを嫌って敢えて口にはしなかったが、そうした例は世に数多い。生まれた子が無事に育つかどうかの見極めもできていないのに、正室を離縁するなど早すぎる。

義隆も察したらしい。喜色の中に、やや影を落としたものを見せた。

「貞子は自らが子を生しておらぬ。おさいに和子が生まれたとあらば、肩身が狭かろう」

隆房は勢い良く頭を振った。

「左様に思われるなら、お方様にもお子が産まれるよう、御屋形様がお励みあれば良いのです。和子様や姫様は何人お産まれになっても困りませぬ」

「されど貞子はもう三十五じゃ。子を産むには年を取りすぎておる。この先ずっとつまらぬ思いをさせるより、早々に離縁してやるのが良いと思うが。尼にでもなれば静かに暮らせよう」

聞いて愕然《がくぜん》とした。これは本当に義隆なのだろうか。

隆房は昔日を思い出した。未だ寵童として仕えていた頃、義隆との一夜を明かした末に寝過ごしたことがある。その時、己が身は義隆の着物の袖《そで》を下敷きにしていた。先に目を覚ました義隆は「起こすのも忍びない」と自ら袖を破り取り、歌を一首書き残して静かに立ち去った。

情を傾ける相手にこういう優しさを傾けるのが、義隆だったはずだ。今の言いようは貞子を思い遣るように見えて、全くあべこべである。だとすれば、やはり。思うところを確かめるため、隆房はひとつを問うてみた。

「……和子様に於かれましては、お母上が二人おられる方が幸せではござりませぬか」

こちらの思惑が通じたか、義隆は少しむっつりとして返した。

「何を申すのやら。貞子は亀童丸を見るたびに惨めな思いをするのじゃぞ。それに、あれは気の強い女子じゃ。自らの立場が悪くなるのはこの子のせいと思わば、辛《つら》く当たるやも知れぬ」

「二十年もお仕えなされたお方様ではござりませぬか」

自らが何を言っているか分かっているのかと、声を押し潰して迫る。しかし義隆はかえって尊大な態度で応じた。

「亀童丸は大内に差した光明である。これに良からぬ扱いをするやも知れぬなら、何年仕えた者だとて、遠ざけるのが当主の役目であろう」

隆房は酷《ひど》く落胆した。首から力が抜け、ひとりでに俯く格好になる。

「夫婦《めおと》の間に口を挟むは、誰であろうと分を超えたこと……。それがし、これ以上申し上げるべきに非ずと存じます」

俯いたままの姿勢で深々と頭を下げ、「これにて」と暇《いとま》を請うた。

大内家の仕来りに従い、隆房は玄関口まで義隆の見送りを受けた。

貞子の一件をこちらが容認したと思ったのだろう、主君の顔には笑みが戻っていた。

「では、また明日」

夕闇の中で一礼して背を向ける。去り際、義隆が声をかけた。

「おさいを正室に据えるに当たっては祝宴を開く。それから、おさいが喜びそうな都の文物も取り寄せるゆえ、そのつもりでな」

思ったとおりだ。

離縁のことも、祝宴や都からの取り寄せ物も、義隆の一存ではなかろう。貞子が亀童丸に辛く当たる――先の言い分とて、小槻氏に吹き込まれたこと、そのままではないのか。

小槻氏は大内での立場を確固たるものにしようとしている。正室の地位を手に入れ、今以上に華やかな暮らしを求めている。思いがけず世継ぎを得た喜びで、義隆は小槻氏の求めを全て聞き入れてしまったのだ。

自らの顔が苦虫を噛み潰したようになっていると分かるがゆえ、隆房は背を向けたまま小さく頷いた。今は諫言をしても聞かぬだろうという諦《あきら》めだけがあった。

築山館の門を出て正面に自邸の門を見る。未だ開かれた門扉の向こう、屋敷の中にある家臣を思って、ぽつりと独りごちた。

「宮川。人の心は、目に見えるのかも知れぬぞ」

隆房は肩を落として自邸の門をくぐった。

*

義隆正室・貞子は六月のうちに離縁され、大内家を追われて尼になった。また猶子の晴英も頃合を同じくして大友家に帰されてしまった。

そうして迎えた七月初旬の晩、隆房は隣家の内藤を訪ねていた。

「良うお出《い》でなされました」

そう言って居室に迎えながら、内藤の面持ちは晴れなかった。差し向かいに座ると、ほどなく膳が支度される。まずは内藤から酌を受け、返杯の酒を注ぎながら問うた。

「何ぞ、困りごとでも？」

「何ぞ、とは」

意外なことを、とでも言いたげな顔である。隆房は苦笑を浮かべた。

「内藤殿も腹に据えかねておると見えますな」

貞子や晴英の扱いだろうと遠回しに言うと、内藤は静かな溜息をついた。

「御屋形様のなさりようには……正直なところ、がっかりさせられましてな。お方様のことも、晴英様のことも、おさい様のご内意を受けて決められたのに違いありませぬ。斯様な話が罷《まか》り通って良いものか」

語気は穏やかだが憤慨しているらしい。心ある家臣なら、やはり皆がそう見ているのだ。隆房はちびりと酒を舐めて首を横に振った。

「今のところ、そうだと断ずるには早すぎますな。御屋形様がおさい様の求めを全てお聞き入れなさるなら、いずれまた何らかの横車が押されましょう」

小槻氏に都合の良いことばかりが重なり、人の心が明確に目に見えるようになった時こそ好機である。義隆に責を問い、非を認めさせられるだろう。

内藤は軽く頷いた。こちらの見通しを一面で是としたのだろう。だが続いて一気に杯を干し、なお不服を申し立てた。

「それを待っておる間に、我らの目の届かぬところで何かあったら……大内家は内側から腐ってしまいますぞ」

そして強い願いを込めた眼差しを向けてくる。隆房は、ふうわりと笑って見せた。

「かつて貴殿はそれがしに、相良のような者を絞め上げる旗頭になれと申された。相良は既にいない。それでも……なればこそ、我らにも時が必要なのではござらぬか」

義隆に改悟を促すとしても、家臣ひとりだけでは何もできない。混乱の元凶が相良だろうと小槻氏だろうと、はたまた義隆本人であろうと同じなのだ。

こちらの真意を察したようで、内藤はようやく眉を開いた。

「そういうことでござったか。斯様な時に頼みとするのは、やはり家中第一席の貴殿です。ここに力を集める……確かに時を要しますな」

隆房はしっかりと頷いた。己こそが、乱れた大内を支えるための柱となるべし。内藤を訪ねたのは、そう心に決めてのことであった。

「ご助力願えますか」

内藤は面持ちを引き締め、居住まいを正した。

「無論です。それがしは誰を語らえば良うござろう」

「石見《いわみ》守護代・問田隆盛《たかもり》殿、評定衆・青景隆著、加えて宇賀島警固《けご》衆の小原隆言《おはらたかこと》。まずはこの者たちを」

三人の名を挙げると、怪訝そうな顔が向けられた。

「杉重矩殿、杉興運殿の名がござらぬが。冷泉《れいぜい》殿もです」

隆房は三家老の一角・杉重矩、筑前守護代・杉豊後守《ぶんごのかみ》興運と犬猿の仲である。冷泉隆豊《たかとよ》はかって相良と意見を同じくすることが多かった。だから声をかけぬのかと、内藤の目が問うている。皆の旗頭になるという意味が、まだ分かっていないのかと。

隆房は「いやいや」と宥めるように笑った。

「それがしの元に集うと聞かば、その三名はすぐには是といたしますまい」

特に杉重矩とは、これまで散々にやり合ってきた。和解するのも追い追いでなければと、他ならぬ内藤も言っていたのだ。

「陶に助力せねば大内が危ないと目に見えて分からねば、首を縦に振らぬかと」

隆房の存念を聞いて「なるほど」と得心しつつ、内藤はまだ足りぬと言葉を添えた。

「それらの者は良しとしても、石見とて国内をまとめるのに苦労しておる由にて。石見第一の力を持つ吉見正頼《よしみまさより》殿にも、それがしから声をかけた方が良いかと存じます」

杉の両家や冷泉について言われた際には笑っていた隆房だが、これについてはしかめ面になった。

「吉見はいけません。あのような者は」

陶家は石見国衆・吉見家と深い因縁がある。吉見の先々代・成頼《なりより》が大内に背いた際、これを鎮めんとした陶弘護《ひろもり》――隆房の祖父が闇討ちにされていた。今は吉見家も大内に従順であるが、それでも陶家とは不倶戴天《ふぐたいてん》の仇敵《きゅうてき》と見做し合う間柄なのだ。内藤とて、それは知っている。苦い面持ちながらも「致し方ありませぬな」と頷いてくれた。

三人との談合を内藤に任せる一方、隆房自身は自らに近しい毛利元就、弘中隆包《たかかね》、江良房栄《ふさひで》の三人に加え、柿並《かきなみ》や鷲頭《わしず》など、大内一門に名を連ねる者たちを語らうと決めた。陶家を核として大内を支えるべし。隆房と内藤は杯を交わして絆《きずな》を確かめ合った。

一方で隆房は別の者にも声をかけた。義隆の寵童・安富源内《やすとみげんない》である。地侍の子で、幼少から築山館に入り、義隆に仕えていた。

館に上がった寵童は、義隆に伴われた時を除き、外に出ることは稀《まれ》である。だが隆房が自邸に招くのは、然《さ》して難しいことではなかった。元は同じ立場だった――隆房の場合は義隆の方から陶の本貫・都濃《つの》郡富田《とんだ》まで通っていたのだが――とあって、主君に仕える上での諸事指南という理由を付け、当の義隆から許しを得て屋敷に迎えていた。

自らの居室に安富を招き、隆房は膳を振る舞った。築山館にある寵童は普段から主君に準ずるものを食している。それを知るがゆえ、日頃は隆房でさえ滅多に口にしない山海の珍味をこれでもかと集めた。河豚《ふぐ》の造り、車海老《えび》の塩焼きに加え、岩国《いわくに》からは鯛《たい》を取り寄せている。吟味した蓮《はす》や牛蒡《ごぼう》と豆腐を炊き合わせたもの、旬の雲丹《うに》を炊き込んだ飯など、およそひとりでは到底食いきれぬ皿を並べた上で美酒も添えていた。あまりの歓待に、安富は目を白黒させている。

「まあ、そう固くなるでない」

隆房はやんわりとした笑みを向け、銚子を取った。

「酒は呑《の》めるか」

「御屋形様から頂戴することはございます」

当年取って十三ほどだろうか、おずおずと答える様が初々しい美少年だった。すっきりと通った鼻筋、目元はくっきりと端麗な一重瞼《まぶた》である。滑らかな頬は一点の曇りもなく真っ白で、薄い眉は柳の葉を置いたように優しく映った。これ以上ない瓜実《うりざね》顔の中に、それらがまさに絶妙に配されている。ごくわずかでも位置がずれていれば、これほどの美形にはなるまい。義隆は「春の花咲くが如し」と賛美していると聞く。隆房は軽い嫉妬《しっと》を覚えつつ、酌をしてやった。

「ご返杯を」

発して、安富が手を伸ばす。震えていた。気が弱そうに見えるのは、彼我の立場の差だけが理由ではなさそうだ。隆房は酒食を共にしながら、これなら何とかなると踏んだ。

歳のせいだろう、やはり安富はそう多くを呑める訳ではなかった。掌ほどの大きさの杯に二杯と少し、膳の四半分にも箸《はし》を付けぬうちに、ほろ酔いの体になった。

頃合を計り、隆房は安富を寝所へと導いた。

寵童は主君を悦《よろこ》ばせねばならぬ。だが、主君から同じ悦楽を与えてもらえる訳ではない。隆房はかつて自らが会得した技量を安富に施し、絶頂に導いてやった。美しい肌をほんのりと紅に染め、安富は涙まで浮かべた恍惚《こうこつ》の表情を見せる。しばし何も考えられぬようであった。

「これを覚えれば、良いのでしょうや」

半刻（十五分）ほどの後、胸に凭《もた》れ掛かった安富が問う。隆房は

「ふふ」と笑った。

「そうだ。が……本当に御屋形様を思うのであれば、他にも気を配らねばな」

「如何様なことに？」

隆房は身を起こし、安富を目の前に座らせて肩に手を置いた。

「御屋形様とて人である。間違う時もあるのだ。おまえがそれを察したら、直ちにわしに報せてくれ。さすれば」

にや、と笑う。

「また房中の技を教えてやる。それから、おまえが元服の暁には重臣への道が開けるように計らってやろう」

「は……い」

躊躇《ためら》いがちな返答である。しかし声の響きには、はにかんだ嬉しさが滲み出ていた。

——落とした。この少年は、行状定まらぬ義隆を御するための良い手駒となる。隆房は安富の頬を、くすぐるように撫《な》でてやった。

翌八月、米の刈り入れが終わって年貢を徴収する頃になると、隆房は周防《すおう》守護代として各郡を視察に出た。

大内家中に於いて、守護代は山口に居住する決まりとなっている。そのため政は小守護代に任せ、年貢については各郡の郡代が取り仕切っていた。隆房が行なうべきは何もないはずだが、視察を申し出ると義隆は嬉しそうに了承した。諫言ばかり聞かされ、昨今ではうんざりしているらしい。それは寂しいことだが、家中の取りまとめには好都合であった。視察の目的は郡代を味方に付けるためなのだ。

隆房が語らうと決めた柿並や鷲頭などの一族には、時の流れの中で大内一門としての力をなくし、各地の小守護代や郡代といった一被官と化している者も多かった。陶家は山口から東南に三十五里余り離れた都濃郡富田が本貫で、同地の若山城《わかやま》を本城としているが、都濃郡代が鷲頭一族の鷲頭隆政《たかまさ》だった。

隆房は若山城に入ると、すぐに兵糧の備蓄を開いて荷車に山と積み、鷲頭庄へと向かった。鷲頭隆政に米を分け与え、百姓に施しをさせるためである。

「有難きこと、この上もござりませぬ」

鷲頭は自らの居館で主座を隆房に譲り、喜びを素直に顔に出した。

「百姓衆には、四月の天役が相当に重かったらしく……。今年は年貢の取り立ても然《さ》ることながら、何より働き手を賦役に取られて、米のできが良くないのです」

天役――京から二条尹房を迎えるための臨時徴税があったのは、米の端境の頃であった。百姓衆が食うや食わずで必死に田を作ったのは想像に難くない。

隆房は「ふむ」と頷いて応じた。

「施しを与えれば、下々とて少しは溜飲《りゅういん》を下げよう。陶からではない、其方からの施しとして与えてやるが良い」

「良いのですか。それがしは何もしておらぬのに」

「構わぬ。わざわざ山口から参ったのは、郡代たちを助けるためなのだ」

微笑と共に、そう言ってやった。

徴税、それも天役が発せられた時、郡代は百姓衆と主家の板ばさみになる。その上で今年は作況が良くない。にも拘らず取れた米の半分を年貢に召し上げねばならぬときては、一層苦しい立場に置かれるのは明らかだった。

鷲頭は涙を浮かべて謝意を述べた。

「このご恩、決して忘れませぬ。陶様のご下命あらば命を捨てる覚悟で働きましょう。今日ここでお誓い申し上げます」

人というのは本来、実に薄情な生き物だ。こちらが威勢を振るっている時には頼まずとも擦り寄って来るのに、いざ窮地に立たされると誰もが見て見ぬ振りをする。そうした時に救いの手を差し伸べれば、多大な信頼を得られるのが道理であった。

施しは周防の全郡に行なわねばならない。都濃郡のみを助けたとあらば、他の各郡代が臍《へそ》を曲げる。鷲頭館で一夜を明かした翌朝、隆房は近隣の熊毛《くまげ》郡を指した。

荷車を先導する馬上から、遠目に百姓の働く姿が見えた。施しがあることは昨日のうちに通達されている。皆、さぞ活《い》き活きとしているだろう。そう思っていた。

だが違った。刈り入れが済んだ田では、大人も子供も、切り株から伸びたひこばえを摘み取っている。その全てが気だるそうで、生気のない様子だった。

隆房は面持ちを曇らせて馬の足を止めた。百姓衆をぼんやり見ているると、ひとりがこちらに気付き、痩《や》せた顔をゆっくりと向ける。淀《よど》んだ眼差しには、生への諦念《ていねん》が溢れ出していた。

ひこばえが伸びた株には、小さな、でき損ないのような米の粒が付く。豊作の年なら雀に食わせてしまうものを人が食わねばならぬ。ひと握りの米を施されたとて百姓は助からぬのだ。

「このままでは……大内は」

ぼそりと呟《つぶや》き、然る後に力なく頭を振った。続く言葉を口にしてはならない。己には他に為すべきことがある。

＊

主家を支えるために諸将の力を結集する。隆房と内藤が八月一杯をかけて奔走し、それは成功したと言って良かった。

温厚で誰にも好かれる内藤に任せたのが良かったのだろう、問田や青景らの将に加え、宇賀島水軍も陶家を旗頭と認めてくれた。また隆房が声をかけて回った相手も、やはり義隆の放蕩《ほうとう》には思うところがあったようだ。鷲頭と同じように救いの手を差し伸べてやると皆が靡いた。

だが隆房に喜びはなく、むしろ胸中には澱《おり》が残った。築山館に出仕しても、それはなくならない。鷲頭庄、自らが本貫とする都濃郡の百姓たちを思い出すほどに、むしろ日に日に大きくなってゆく。

あの淀んだ目、明日に望みのひとつも抱けないという顔は何だ。己は何のために義隆を支えようとしている。大内による新しい西国支配を打ち立て、主君に天下の権を持たせ、戦乱に喘《あえ》ぐ世の範とするためではないのか。国の基を為す百姓がすっかり萎《しお》れているのでは、そのようなことは覚束《おぼつか》ない。

「御屋形様……。義隆様」

山口の自邸、居室前の廊下から庭を眺めて、隆房は呟いた。

かってこの身に主君の寵愛を受けた。自らも主君を敬愛していた。陶の当主となり、家老筆頭となっても、それは変わっていない。

だが晴持を失ってからの義隆は、世の無常を悟ってしまい、遊び呆《ほう》けている。嫡子・亀童丸を得ても一向に改まらず、八月の視察中にも能楽の宴を楽しんでいたそうだ。学芸と遊興に莫大な財を使いきり、足りなければ天役を発して百姓を圧迫するのでは、領国の基盤が崩れてしまうだろう。もし義隆がずっとあのままなら、果たして人の主《あるじ》と言えるのだろうか。

ふと、隆房の目つきが常ならぬ色を湛えた。家中を糾合した今、己には大内の大勢を動かす力がある。

「何を……思うておる」

発して激しく頭を振り、瞑目《めいもく》した。いっそ己が実権を取ってしまえば。そう思うたび、やはり胸に思い起こされるのは義隆への慕情であった。

「殿、問田様がお越しですが」

宮川に声をかけられて目を開ける。自らの顔が気の抜けたものになっているのを察し、隆房は腹に力を込めた。

「お通しせよ。わしの部屋で良い」

齢二十五の年若い家老とあって、大内家中では己を軽んじる者も多かった。問田はそうしたところを見せはしなかったものの、互いの屋敷を訪ねるほど親しくはない。とは言え、己を旗頭と認めてくれたのだ。わざわざ自ら足を運ぶとなれば相応の話があるのだろうし、来訪を断ることはできない。

居室に入ると、すぐに問田が廊下に至った。頰の弛《たる》んだ四角い顔が、いくらか鬱々としたものを湛えている。

「御免」

頭を下げて部屋に入ると、問田は半間ほどを隔てた正面に座った。

膝詰めという辺りである。

「急にお訪ねして申し訳ござりませぬ」

「いえ。何ぞあったものと見受けますが」

単刀直入に訊《たず》ねると、問田は困り果てたという顔になった。

「貴殿に助力するという一件、それがしも石見の郡代や国衆を説き伏せて回っております。もちろん、陶家と因縁浅からぬ吉見正頼は除いておりますが」

「もしや、上手《うま》くいっていないと？」

問田は大きな溜息と共に、うな垂れるように頷首《がんしゅ》した。

「他の国衆から聞き及んだのでしょうな、その吉見が騒いでおります。守護代……それがしが何を言ったとて、陶家に助力などしてはならぬと」

「捨て置けばよろしい。吉見ひとりが騒いだところで、他を固めてしまえば」

簡単ではないかと返す。問田の顔がなお渋くなった。

「ところが、そうもいかぬのです。吉見の口さがないことと言ったら……陶殿は大内のために皆をまとめようとしているのではない、自らが大内に取って代わるためだと申しておりまして。余の国衆も不安に思うてか、中々首を縦に振らぬのです」

隆房は舌打ちをした。やはり忌々しい相手だ。

「吉見め……。お聞きするが、石見の郡代や国衆はどれほど語らわれた」

「まず、三分と言ったところですな」

想像以上に少ない。大勢を占められねば義隆を律せられないのと同じで、石見の足並みが揃わねば問田も力を発揮できない。

どうしたものかと唸《うな》っているところへ、宮川の慌てふためいた声が届いた。

「お、お待ちくだされ。取次ぎもしておりませぬのに」

その声に続き、聞き慣れた声が響いた。

「やかましい。わしは家老だ。陶殿に会うのに面倒な話など無用にいたせ」

杉重矩であった。足音も荒く廊下を進み、無遠慮に居室へと踏み入る。

「おや」

問田がいるのを見て、杉は何ともおかしな顔になった。驚いたというのと、これは面白いものを見たというのを同居させ、右の頬だけを歪《ゆが》めて目を丸くしながら笑っている。

隆房は努めて平らかに問うた。

「何用にござろうか。今は問田殿と話をしている最中ぞ」

杉は「ほう」と挑むように応じた。

「わしと話す気はないと申されるか」

「そうは言うておらぬ。貴公は三家老のひとり、いずれ大事な用で参られたのであろう。されど取次ぎも頼まず、勝手に上がり込むのは如何なものか」

杉とは徐々に和解していけと、内藤から釘《くぎ》を刺されている。ゆえに相手と同じ態度を返さず、宥めるように発した。

しかし、杉はそれが気に入らぬようであった。

「貴公、いつもとは物腰が違うではないか」

「いつまでもいがみ合っていてはならぬと、内藤殿に諭された。それだけのことだ」

「内藤殿か。あの御仁ものう……。家中の皆とあれこれ話しておるようだが、わしには声をかけてこない。きっと貴公が何か悪巧みをしているのだと思うて問い質しに来たが、当たらずとも遠からずというところか」

杉を語らうに於いては、ただ時を待つだけのつもりだった。だが散々に角突き合わせてきただけに、こうなると厄介である。隆房は少しゆっくりと、言葉を選んで返した。

「内藤殿が皆と談合しているのは、確かにわしが頼んだことだ。貴公には、まだ話がいっておらぬに過ぎぬ」

「同じ家老なのに、なぜ後回しにする。言い逃れも大概になされよ。まあ……こうやって、ひそひそとやっているのだからな。わしがおってては邪魔なのだろう。いや、これは失敬した」

「杉殿！」

ついに声が大きくなった。杉は知らぬ顔で踵《きびす》を返した。しかし数歩進んで廊下に至ったところで立ち止まり、背を向けたまま静かに発した。

「察するところ、貴公は家中を束ねる気であろう。何のためか」

やはり、伊達《だて》に家老に収まっている訳ではない。隆房も静かに応じた。

「知れたこと。御屋形様に、今の過ちを正していただくためだ。不仲のわしと共にあるのは癪に障るだろうが、貴公も力を貸してくれぬか」

「……陶殿の申し様が嘘でないと分かったら、その時には考えても良い」

杉は鼻を鳴らしてせせら笑い、隆房と問田を残して去って行った。

＊

明けて天文十五年（一五四六年）となり、初夏を迎えた頃のこと。元就は業を煮やしていた。あの城は何なのか。毛利領の山県表《やまがたおもて》を見下ろす日野山《ひの》に、吉川興経《きっかわおきつね》が日野山城を築いている。

「まことに、申し訳次第もございませぬ」

興経の叔父《おじ》、吉川経世《つねよ》が吉田郡山城《よしだこおりやま》の広間に平伏した。余人を介さずに面会した元就は、憮然《ぶぜん》とした顔で「面を上げられませ」と応じた。

二年前の七月に尼子精鋭・新宮党を打ち破り、安芸と備後《びんご》は落ち着きを取り戻した。大国二つが対立する中、国衆の動きは大勝と大敗で大きく流転する。両国の尼子方で主立った者は、備後神辺城《かんなべ》の山名理興《やまなまさおき》と、安芸小倉山城《おぐらやま》の吉川興経くらいとなった。

経世は顔を上げ、無念の涙を浮かべて俯いた。

「大恩ある元就殿に、斯様な無体を働くとは……興経には恥というものがないのか。我が甥《おい》ながら情けのうて涙が出ます」

元就は大きな溜息で応じた。

吉川興経は月山富田城の戦いで大内から離反し、大敗の元凶となった男である。だが元就は、安芸と備後の取りまとめを任されてからも、進んでこれを討とうとはしなかった。妻・妙玖《みようきゆう》の実家だったからだ。妙玖は当主・興経の叔母《おば》、今ここにいる経世の妹に当たる。

新宮党を破り、安芸のほとんどが大内方となってからは、孤立した吉川が大内に帰参できるように尽力してきた。

当初の裁定は、興経を斬って所領全てを毛利に与えるというものだった。それが覆ったのは、隆房が助命嘆願を聞き入れてくれたからだろう。肝胆相照らす仲だから、なのか。或いは毛利に恩を売ろうと考えたのやも知れぬ。どちらでも良かった。元就の願いは妻の一族が根絶やしにならぬことだけである。それゆえ、以後は吉川家を後見してきた。

経世は目元を拭い、尽きぬ無念を持て余すように続けた。

「興経め……日頃より息巻いておったのです。元就殿は後見の立場を手に入れて吉川家のやりように口を挟み、果ては乗っ取る気なのだと。新たな城を築いたは、ただ元就殿の領を窺《うかが》うためだけではないと見ますが」

元就も顔に苦渋を滲ませ、ぽつりと呟いた。

「さすがに、見過ごせぬか」

日野山は吉田郡山城の戦いの折、尼子に付いた吉川興経が攻め取った地であった。つまり興経は、大内に帰参しながら、いずれ再び尼子に付くと宣言したようなものだった。恩を仇《あだ》で返すという言葉を絵に描いたような築城である。

経世は、ぎり、と歯軋《はぎし》りをしたかと思うと両手を床に突き、身を乗り出すように頭を下げた。そして、顔だけはこちらに向けたまま発する。

「もう妙玖に義理立てすることもござりますまい」

妻は昨天文十四年十一月、病を得て急逝していた。義理立てせずとも良い。それが何を意味するのかを承知しつつ、元就は経世の肚《はら》を確かめるように返した。

「それでも興経殿は我が甥にござる」

「然らば、貴殿の義兄としてお頼み申す。大内への造反だけに留《とど》まる話ではござらんのです。興経は佞臣を取り立てて長らく領内の政を預け、百姓に重き負担を命じておる次第にて。このままでは、吉川家は滅ぶを待つのみにござろう。それならいっそ」

修羅の面相であった。頼りない主君、或いは行状が乱れた主君を討つのは、広く世に認められた生き残りの手段であった。愛想を尽かされる主君こそ悪というのが乱世の習いなのだ。経世はその覚悟を固めている。

「それがしに、討てと？」

元就の問いに、経世はきっぱりと首を横に振った。

「いいえ。ことを荒立てれば大内が何と言うか。それでなくとも助命嘆願の一件で、元就殿は立場を悪くしておりましょう」

では——。肚を据えて見つめると、経世は重々しい声音で続けた。

「興経は、貴殿が吉川を乗っ取るつもりだと申しております。されど、それがしとしては、むしろそうなって欲しい」

経世は腹蔵するものを詳《つまび》らかに語った。吉川家中には、興経のやりように閉口している者も多いそうだ。それらを語らって興経を隠居に追い込み、元就の次男・元春と養子縁組して当主に迎えたいと言う。

「重ねて申し上げる。元就殿がこれ以上立場を悪くなされぬよう、ことを荒立てずに済ませたいのです」

存念を全て聞き、元就はなお慎重に応じた。

「興経殿にはご嫡子・千法師《せんほうし》殿がおられよう」

「千法師は幼少にござる。元服までの間、元春殿を繋《つな》ぎの当主にすると言わば、大内は何も言えますまい」

どうやら、あまり大内の意向を差し挟みたくない、有り体に言えば少し距離を置きたいと思っているようだ。元就としても思い当たるところはある。

昨年、天役が発せられた。安芸では弘中隆包から各地の郡代へ、郡代から個々の国衆へと通達されたが、田植えの頃の臨時徴税と賦役は迷惑以外の何物でもなかった。斯様な事態を招いた大元、相良武任は隆房らの尽力で既に放逐されているが、大内当主・義隆の行状は一向に改まっていないと聞く。先に経世が非難した興経の行状——佞臣を取り立てて圧政を布《し》き、吉川家を危うくしているというのは、大内にも同じことが言えた。

「隆房殿か」

元就は小さく独りごちた。経世には聞こえなかったらしい。

あの精悍《せいかん》な美丈夫と初めて会った日、己は対決する意気込みだった。大内の家老筆頭に任じる若者が、どれほどの力を持つのかと。しかし隆房は期待を超える器であった。だからこそ己は、大内に隆房がいる限り再び向背を違《たが》えぬと誓った。

その隆房でさえ義隆を御しかねている。また隆房は、同じ家老の杉重矩や石見国衆・吉見正頼とも相容れないと聞こえていた。不安の種は確かにある。

ならば、どうすべきか。大樹に寄っただけで安泰とは言えぬのが小勢の常ならば、毛利はこの機にもっと力を蓄えておくべきではないか。

元就は重々しく発した。

「承知仕った。元春に吉川家を継がせましょう。吉川は以後、毛利を頼みとなされよ。されど」

興経・千法師父子は、遠からず命を落とさねばならない。吉川家を安んじるにはそうするしかないと、眼差しで念を押す。元より承知とばかり、経世は目に怪しい光を宿してゆっくりと頷いた。

元就と経世は一年の時をかけ、慎重に吉川家臣を切り崩しに掛かった。

吉田郡山城の戦い、月山富田城の戦い、大戦のたびに尼子に寝返ってきた吉川を、大内はどこまで信用しているだろうか。いずれ何か理由を付けて取り潰されないとも限らない。だが後見の毛利は信用を勝ち得ている。然らば毛利は、吉川を建て直すため最大限の助力をしよう。元就はそう言って、ひとりずつ説き伏せてゆく。

吉川家臣でも心ある者は、興経のやりようを憂えていた。危機を迎えた今、毛利が救いの手を差し伸べてくれている。主家・大内の信も得られるなら、悪いことなど何ひとつない。悪があるとすれば、それは当主・興経のみ。皆の動揺を、吉川経世が束ねてゆく。

そして、ついに吉川興経は当主の座を追われた。ひとりの家臣が主導して主君を討つのではない、多くが談合の上で隠居に追い込む「押し込み」の形であった。

これが成るや、元就は隆房に親書を発した。

吉川興経は大内に帰参してなお叛意《はんい》が見て取れた。また行状も定かならず、家臣には辛く当たり、領内での圧政も甚だしい。見過ごせば大内家の威勢に障りがあることとて、吉川家臣は主君押し込みを決した。それらの求めに応じ、毛利は二子・元春を養子に出したい。安芸に於いて毛利がなお力を得るが、これも全ては隆房殿のため、大内家のためである。この元就を信用し、共に主家を守《も》り立てて行かん——。

隆房のため、大内家のためというのは、嘘ではなかった。対尼子を考えれば、盟友と重んじる隆房が大内を差配し、安定させてくれるのが望ましい。

だが大内が大国であればこそ、それだけで不安を拭い去ることはできない。ひとつの歪みを糾したとて、他のどこに波及しているか分からないのだ。主家に何かあった場合でも、毛利が容易《たやす》く倒れぬだけのものを得なければ。その思いも確かにあった。

天文十六年（一五四七年）七月、元就の申し入れは認められた。以後、毛利元春は吉川家を継承し、吉川元春を名乗ることになった。

三・二心に非ず

隆房の元に家臣団を糾合せんとする動きは、なお続いていた。守護代や将、郡代や水軍衆などを語らい、今では奉行衆にも手を回している。集まったのは二十人ほどで、主立った者の四分の一でしかない。だが周防守護代の隆房、長門《ながと》守護代の内藤、石見守護代の問田が手を組んでいるのは、やはり大きい。石見では国衆の実力者・吉見正頼と反目しているだけに万全ではないが、それでも大内領の概《おおむ》ね半分をまとめ上げたに等しかった。

そうした折の天文十七年（一五四八年）八月、築山館に評定衆が集められた。いつものように主座の右手筆頭に腰を下ろすと、隣席の内藤がひそひそと声を寄越した。

「今日は何用にござろうか。年貢の集まり具合は四日前に皆から報じておりますが」

今年の年貢高も定まっていないのに、また浪費の話ではないか。少し嫌そうな顔から、そういう懸念が見て取れる。隆房は囁いて返した。

「好都合にござろう」

ほんの一刹那、目を内藤の向こう——杉重矩に向ける。かつて杉は言った。隆房と内藤の動きが確かに大内を支えるためなのだと分かれば助力を考えると。義隆が放蕩を言い出すなら、これまでに集めた皆の意見をぶつけてみせれば良い。

隆房と内藤は小さく頷き合った。気配を察したか、杉はこちらに眼差しをちらりと流し、すぐにまた正面を見た。

「御屋形様、御成」

張りのある声、それでいて抑揚のない発し方は義隆の小姓である。評定衆が平伏する中、静々と歩を進める音が聞こえた。

「皆々、面を上げよ」

促されて平伏を解き、居住まいを正す。義隆は「取り立てて変わったことがあるではない」とでもいった風に、平らかに発した。

「報せておくべきがあるゆえ、皆を召し出した。今日より築山館に仕官する者がある」

乱世の武家にとって家臣は宝である。能ある者、そうでなくとも忠節揺るぎなき者なら、いくら抱えていても良い。隆房は「どのような男か」と興味を抱き、広間の下座に目を遣った。もし能ある者なら、早速語らって自らの手足としたいところだ。

が――。

広間に至った者を見て、瞬時に顔が強張った。色白の細面に鈴を張ったような目、端麗に整った顔は忘れるはずもない。相良武任であった。

「御屋形様」

隆房は義隆に向き直り、身を乗り出した。

どうしてだ。己と内藤が揃って成敗を迫った男である。諫言を共にしてはいなかったものの、譜代の杉や問田とて相良を嫌っているというのに。

思うところを読み取ったのだろう。義隆は、うんざり、という目で口を開いた。

「隆――」

「陶殿、お控えあれ」

義隆と同時に、広間の中央に進んだ相良が口を挟む。隆房は食い殺さんばかりの目で睨《にら》んだ。

「御屋形様のお言葉を遮るとは、この無礼者めが」

相良は静かに応じた。

「其許《そこもと》は御屋形様のなさりようを認めようとせぬ。それは非礼ではないのか」

「黙れ！」

隆房は一喝して胸を反らせた。

「御屋形様のなさりようが道理に適《かな》わぬと思わば、お諫めするのが家臣の役目ぞ。お主のように何もかも認め、果ては佞言を弄して道を誤らせる慮外者とは違う」

相良が再び出仕するなど何ひとつ聞かされていなかった。皆が同じだったのだろう、己の剣幕を見て内藤が制止しないことが証である。

杉でさえ、いつもなら厭味のひとつも差し挟むところなのに、今日はひと言も発しようとしなかった。

ならば、とことん言い負かしてやろう。隆房は大きく息を吸い込んだ。

が、そこで不意に相良が笑った。

「あっははは、ははは」

「何を笑う」

ぎょっとして、思っていたのとは別の言葉が出た。すると相良は哄《こう》笑《しょう》をぴたりと止めた。

「寺に入っておると、色々と聞こえてきてのう。御屋形様を蔑ろにする動きがあると……つまらぬ噂なら良いが、万が一があってはならぬ。然らばこの身を挺《てい》してでも御屋形様をお守りせねばと思い、舞い戻ったのよ」

にやにやと気味の悪い笑みで、そう言う。

隆房は奥歯を噛み締め、怒りのままに弾き出されそうな罵声《ばせい》を押し止《とど》めた。

己が家中を糾合しようとしているのを、相良は知っている。否、各地の小守護代や郡代も語らっているとあらば、どこからか話が漏れたとて不思議ではない。

(だが……こやつ)

己だけではない、武功の家柄にある多くの者に嫌われているのだ。

再び出仕するとなれば、自らの命が危ないくらいは承知しているだろう。それでも戻って来たのは――。

隆房は、ゆっくりと主座に顔を向けた。義隆こそが相良に帰参を命じ、身の安全を約束したに違いない。

なぜ。どうして。思いを込めて見つめる。義隆はつまらなそうに発した。

「身を挺してでも、わしを守らんとする。忠節の鑑《かがみ》よな。それを退けよと申すなら、隆房、其方には忠節がないということになろう」

呆気《あつけ》に取られた。

何だ、これは。どう受け止めたら良い。ひたすら主君のためを思ってきたのに。この冷淡な言葉、情けない言いようを、己はいったいどう受け止めれば良いと言うのか。

先に押し止めていた怒気が心の底に染み渡ってゆく。体がひとりでに動き、主座に向き直って胸を張る。それでいて、発する声は震えていた。

「それがしは御屋形様がお命じあるなら、いつでも命を捨ててお仕えする覚悟にござります。お疑いあると仰せなら」

隆房の中で、何かが切れた。蔓延《まんえん》した怒りが腹の底を熱く焼き、一気にこみ上げて大喝と化した。

「お疑いあるなら！　今ここで腹を切れとお命じくだされ」

義隆が身じろぎする。明らかに気圧されていた。隆房の後ろから内藤が身を乗り出し、両者の間に割って入る。

「陶殿、お控えあれ。御屋形様も、家老筆頭の忠節を疑うなど……

何と情けない」

半ば涙声で発せられる諫言に、義隆は「うむ」と弱々しく応じた。

「いやさ、疑ってなどおらぬ。ただ……武任の忠節を退けよと言われてはのう。言葉のあやと申すものぞ。許せ、隆房。其方に腹を切れなどと、命じられるはずがない」

隆房は平伏した。顔を見られたくなかった。

己は今、疑いを持っている。口うるさく諫言を繰り返し、煙たがられているのは知っていた。それでも義隆には依然、己への情が残っていると信じていた。それが揺らいでいる。人と人を結び付ける頼みの瀬、信と情に疑いを持っている。

自らの口が、驚くほど熱の抜けた声音を発した。

「ご無礼を……。何なりと罰をお申し付けくだされ」

ふう、という義隆の息遣いが聞こえる。

「良い。されど武任を召し出したこと、認めてもらうぞ」

返答はしなかった。その代わり、さらに深く平伏した。

じっとりと粘り付くような視線を感じた。二つある。相良と杉だろう。千々に乱れた心ながらも、気だけはやけに研ぎ澄まされていた。

*

七日後の夕刻、隆房は自邸の居室でひとりの少年と向き合っていた。

以前に籠絡《ろうらく》した安富源内である。

「良う参った」

期待を込めた目を向ける。安富は軽く一礼して、声をひそめた。

「隆房様のお見立てどおりでした」

相良が再び出仕するに至ったのは、小槻氏が嘆願したからではないかと睨んでいた。世子・亀童丸を産み、義隆の正室に収まった上は、さらに権勢を振るいたい。何かと言えば諫言を繰り返して邪魔立てする家老筆頭・陶隆房、この己を除きたい。そのために相良を頼んだのではないかと。

「やはりな」

短いひと言には別の意味もあった。かねて抱いていた疑いが確信に変わったのだ。

亀童丸の父は義隆ではなく、やはり相良である。証などない。だが小槻氏が相良の復帰を嘆願した、つまり人の心が形となって見えたとあらば、そう断ずるに足る。

隆房は「ふふ」と笑った。

「ついに尻尾《しっぽ》を出しおった。されど女よな。相良がどれほど力を持ったとて、武功の臣を全て敵に回して勝てると思うてか」

すると、安富がおずおずと口を開いた。

「あの。実は……杉重矩様からも、御屋形様に進言があったようです」

「杉殿から？」

眉根が寄る。何かの間違いではないのか。己や内藤と反目している とは言え、杉とて相良を嫌っているはずだ。帰参に口添えするとは思えない。

ちらりと見ると、安富は「そうではなく」と言って、それきり言葉を濁した。どうやら相当に言い難いことらしい。だが、聞かねば何をどう判じるべきかも分からぬ。顎《あご》をしゃくって「続けよ」と示した。

安富は固唾《かたず》を呑み、意を決したように発した。

「杉様からの進言は、隆房様が謀叛《むほん》を企てているというものです」

「何だと」

瞬時に憤り、安富の胸座《むなぐら》を摑む。しかし、この少年は事情を探ったのみである。隆房はすぐに手を離して「すまぬ」と詫《わ》びた。

「詳しく聞かせよ」

「……はい。杉様は、隆房様が家中をまとめておられるのが叛意の表れだと仰せられたようです。御屋形様は……その、お心の細やかなお方ゆえ、繰り返しの進言を受けてお悩みあったらしく。そこにお方様からのお願いが加わって、相良様が呼び戻されたものかと」

七日前が思い出された。全て頷ける。義隆から投げ掛けられた非情な言葉も、杉が終始何も言わなかったことも。

「杉め……許すまじ」

再びの憤怒《ふんぬ》が胸を焦がす。同時に、この上ない切なさが湧き上がり、面持ちが渋く歪んだ。

大内義隆がどういう人か、寵童として仕えた己は誰よりも良く知っている。安富が言うとおり細やかな、悪く言えば心の弱い人なのだ。月山富田城での大敗も、その悪い面が出たせいである。一気に攻めよという声、兵を退けという声、二つを折衷して徐々に進軍し、結果として兵の士気を阻喪《そそう》した。

(それでも)

あの頃の義隆は人の言を賛否とも全て聞き、最後には自ら決裁していた。だからこそ人の主たり得たのだ。今は違う。杉に流され、小槻氏に流され、これからは相良に流されるのだろう。

「あの、隆房様」

安富が不安げに小声を寄越す。隆房は苦い笑みを浮かべ、頰を撫でてやった。

「良くやってくれた。これからも、よろしく頼むぞ」

「は、はい。これからも、とは……どのようなことを探れば良いのでしょう」

隆房は伏し目勝ちに、弱々しく返した。

「恐らく、わしの身に災難が降り懸かる」

義隆が杉の讒言に惑わされたのなら、それは相良にも筒抜けになっていよう。こちらの力を殺《そ》ぐ好機と見て、何を企《たくら》むか分かったものではない。

「それを見過ごせば、大内は潰れる」

今度はしっかりと目を見開き、力強く言い含めた。安富は総身をがちがちに固め、ぎくしゃくとした頷きを返した。

揺るぎない信を置く相手、或いは心から愛する相手に対して、人は用心を怠る。大国・大内の行く末を左右する話であっても、義隆は安富にあれこれと話して聞かせるらしい。安富からの密告を聞くうちに、相良の企みは明らかになった。

九月末、隆房は内藤興盛と共に義隆に目通りを願い出た。

かつて相良の成敗を迫った時を思い出したか、義隆は楽しまぬ顔であった。

「今日は何用じゃ」

中之間で二人を前にして、不機嫌を隠しもせずに言う。内藤が胸中の苦渋を声に滲ませた。

「諫言だとは、お分かりなのでしょう。何に対してかは、お分かりでしょうや」

義隆は「知りたくもない」という顔でそっぽを向く。内藤の声が厳しさを増した。

「陶家の領、佐波《さば》郡徳地《とくじ》の三千貫、小周防《こずおう》の百町を召し上げると聞き及びました。これがどういうことか」

顔を背けたまま、義隆は眼差しだけを正面に戻した。

「誰に聞いた」

「人の口に戸は立てられぬと申します」

内藤の硬い声音に諦めたような溜息をつき、義隆は顔をこちらに向け直した。

「両所は元々、東大《とうだい》寺と興福《こうふく》寺の荘園であろう。長らく私しておったものゆえ、そろそろ返納してはどうかと思うての」

実に素っ気なく言う。隆房は胸を締め付けられるような痛みを覚えつつ、静かに発した。

「相良が、そう申したのですな」

義隆は顔を強張らせ、何も発しない。内藤が身を乗り出した。

「御屋形様とて、陶殿を信じておると仰せられたではござりませぬか。これを為さば、家中第一席、陶家の力が殺がれるのですぞ」

「然りとて、両所は元来が陶のものではない」

内藤は毅然《きぜん》として「いいえ」と頭を振った。

「寺社荘園を守護や守護代が自領の如く指図しているなど、どこにでもある話です。杉の伯耆守《ほうきのかみ》家、豊後守家も然り、それがしの内藤家も、石見の問田家も然りです。然りとて我らの誰も、寺社から領を奪ってはおりませせぬ」

内藤の言は正鵠《せいこく》を射ていた。陶家について言えば、奈良《なら》にある東大寺と興福寺が遠く周防に荘園を持っていても、切り盛りできるはずがないのだ。長い間に自然と陶家が差配するようになっただけで、隆房が奪ったものではない。

義隆は苦虫を嚙み潰したような顔で黙ってしまった。内藤が追い討ちをかける。

「加えて申さば、陶家は些少《さしょう》なりとて東大寺と興福寺に代地を出しております。内藤家も長門では同じようにしておりますが、逆に、斯様な宛《あて》がいをする方が珍しいことくらいはご存知でしょう」

「もう良い」

さも面倒そうな主君に向け、隆房は平伏して発した。

「もし陶家から徳地と小周防を召し上げると仰せなら、他の守護代にも同じくせねば示しが付きますまい。されど」

これは守護代の力を弱める策であり、各領国を守護代に任せる大内の統治そのものを崩すということなのだ。義隆もさすがに、皆まで言わずとも分かるようであった。

「斯様な話があったというだけじゃ。聞き入れはせぬ」

隆房は平伏のまま、顔だけを上げた。

「確かにござりますな」

「くどい。せぬと申したら、せぬ」

言質を取った。内藤が証人である。これにて二人は矛を収め、築山館を辞した。

館から辞するに当たっては内藤が先に退去した。大内の慣例に従い、陶の当主だけが主君の見送りを受けるためである。

隆房は玄関で義隆に一礼し、南門を出た。門外には内藤が待ち受けている。こちらの顔を見ると穏やかに発した。

「やれやれ、これでひと安心にござりますな」

「お口添え、痛み入る」

頭を下げると、内藤は「ふう」と長く溜息をついた。

「それにしても相良め、言い掛かりにも程がある。御屋形様も……斯様な体たらくでは、大内を滅ぼしてしまうのでは」

隆房は沈んだ顔を向けた。言葉は発しない。

大内が滅びる——己も既に二度、同じことを思った。

最初は、義隆が遊興に財を使い果たし、天役を発して百姓を苦しめた時である。大国の基を失いかねない事態に、主家の行く末をどれだけ危ぶんだことか。

そして今だ。杉の讒言に流され、小槻氏の欲に流され、相良の佞言に流されるのでは先行きも危ういと思っていたが、果たせるかな、そのとおりになった。

月山富田城での敗戦以来、義隆は軍事はおろか領内の政すら省みない。何ごとも人任せの、浮草の如き毎日を恥じる気配すら見られないなら、人の主としての資格を失っている。

「それでも」

つい口を衝いて出た呟きに、内藤が「おや」という目を向けた。

「何か？」

「……いいえ。帰りましょう」

二人はそれぞれの屋敷へと戻って行った。

隆房は思う。寺社領を召し上げぬという言質は、義隆が己と内藤に流されただけの話である。だが信じたかった。主君には未だ己に対する一片の情が残っていて、それゆえに流されてくれたのだと。

義隆はもう主として戴《いただ》くには足りないと、頭では承知している。それでもこの胸には、長らく抱き続けた思慕の一片が確かに残っている。持て余しつつも、捨て去る気にはなれない。ならば己は、いったい何をするべきなのか。

陶家の領地召し上げは何とか阻止したが、以後も相良の暗躍は続いた。陶がだめなら他をとばかり、各国守護代の力を殺ぐように、あの手この手を繰り出していた。

＊

まず内藤と杉には、足利《あしかが》将軍家から免許された笠袋《かさぶくろ》と鞍覆《くらおお》い――直参家人と同等と認められた証を禁じるよう進言し、義隆を動かした。

隆房は内藤に、主君への諫言をしようと申し出た。もっとも内藤はこれを断り、義隆の決定を諾々と受け入れた。隆房が、杉のためには同じ諫言を吐かぬだろうという理由である。杉が「陶に叛意あり」と讒言を繰り返していたことは、内藤にも話していた。

その杉も、この三ヵ月ほど常に苛々していた。叛意ありと言上したにも拘らず、義隆が隆房を処罰しようとしないからである。当然ながら問い質した訳ではない。だが顔を合わせるたびに面白からざる空気を撒《ま》き散らす辺りから、大方のところは察せられた。自らの言は聞き流され、相良の横車だけが認められるのでは、なるほど杉でなくとも不満を抱くはずである。

これについては、安富から細かい話を聞き出せた。何と相良が、杉の讒言を取り上げてはならぬと言っているらしい。譜代の臣は皆が相良を嫌っているが、表立って噛み付くのは己と杉ぐらいのものである。もし己を排除したとて、その後に杉が力を持っては堪《たま》らぬというところか。忌避すべき相手という意味で、陶も杉も同じなのだ。

それなのに相良は、一方では叛意云々を取り上げている。隆房一派と相容れぬ石見国衆・吉見正頼の放言を耳にするや、義隆に言上して石見守護代・問田隆盛を叱責《しっせき》させていた。

「どうしてくれよう」

十一月も末のある晩、隆房はひとり居室で酒杯《しゅはい》を傾けていた。

己と内藤、問田らに同心する者が増えぬよう、相良は画策している。守護代の皆から力を殺げば、義隆の力が強固になるとでも思っているのだろう。全くの逆だ。大内家がどう成り立っているのかを考慮せぬ浅薄な考え方である。

杯を干し、ふう、と熱い息を吐く。

「あやつめ、業を煮やしていよう。次の手を打たれる前に」

杉の讒言がありながら、問田への叱責という生温《なまぬる》い対処しかできずにいるのは、東大寺・興福寺領の一件で義隆がこちらの言い分を認めたからだろう。今はこの隆房を排除できぬと踏んだのだ。しかし、いずれ何らかの難癖を付けられるのは明白である。

どこを、どう動かすか。義隆と相良の間で交わされる言葉を知らねばならない。

「殿、客人ですぞ。安富殿です」

宮川が室外の廊下に跪いて報じた。表に出ない話を知るには、あの少年を頼まねばならぬと思った矢先である。隆房は膝を打って喜んだ。

「すぐに通せ」

「あ、はあ」

煮えきらぬ返事である。今になって気付いたが、宮川はどこか懸念がありそうな顔だった。

「どうかしたのか」

「それが、安富殿ひとりではないのです」

もうひとりの美少年を伴っているそうだ。これも義隆の寵童に違いない。安富の他に抱えられているのは四郎《しろう》という少年である。百姓上がりで未だ苗字《みようじ》を与えられておらず、故郷・都濃郡清若《きよわか》の地名から「清ノ四郎《きよのしろう》」と呼ばれている。

「構わぬ。通せ」

命じると、ほどなく宮川は二人の少年を導いて来て、一礼して立ち去った。

「まずは座れ」

隆房が促すと、安富はどこか不安げな面持ちで腰を下ろし、頭を下げた。もうひとりは思ったとおり清ノ四郎だった。安富と同じくらいの年だが、少し大人びている。

「此度、四郎を伴いましたのは――」

「源内殿が陶様のご教示を受けていると知り、それがしもと思ったのです」

四郎は安富の控えめな言葉を遮ると、朗々と発した。

「それがしは百姓上がりにござりますれば、ご家中に何の伝手《つて》もござりません。さすれば自らの力で足許を固めるしかないでしょう。そのために、あれこれ調べておりまして」

言葉を受け、隆房はちらりと眼差しを流す。すると安富は、驚愕の面持ちを浮かべていた。何をどうやって調べたのだ。己の不義が、どこから漏れたと言う――そうした心の揺れが目つきに顕《あらわ》れ、口ほどにものを言っていた。

（源内……）

これほどに動揺しているのだ。何らかの落ち度があったとは思えない。初めてこの屋敷に招いた晩から、安富は己に忠実な駒であり続けている。それは認めるものの、この小心には閉口させられた。

目を戻せば、四郎は小馬鹿にするような笑みを安富に向けていた。やはり間違いない。安富は築山館で何を疑われてもいなかった。義隆とて諸事指南という言辞そのままに受け取っている。

（鎌をかけたか）

裏に何かあると思ったのなら、それは四郎の勘であろう。気の弱い安富を手玉に取って真実を導き出す辺り、頭も切れる。だが、ここまでの態度には多分に不躾《ぶしつけ》なものが感じられた。有り体に言って、気に入らない。

隆房は努めて平らかな声音を保った。

「して、わしに何の教えを請うと申す」

四郎は紅顔を歪め、明らかに臭気の漂う笑みを見せた。

「陶様の元に出入りするようになれば、それがしもお引き立ていただけるのでしょう。そのようにお計らいいただければ、耳寄りなお話をお聞かせしても良いのですが」

胸中の嫌忌が増す。安富の動きを突き止めたのに、義隆に報せるでもなく——告げ口されては堪らぬところではあるが——かえってこちらに取り入ろうとするとは。思うに四郎は我欲のみで動く男なのだろう。人としてはまことに正しいが、小槻氏や相良と同じ穴の貉《むじな》である。安富と違って、信を置ける者ではない。

「耳寄りな話……か」

呟いて返すと、四郎は得意満面で頷いた。

「昨晩、御屋形様の伽《とぎ》にお伺いしたのです。御屋形様はまだ寝所に入っておられず、中之間で相良様と話しておられました。ゆえに、それがしだけが存じている話です」

浅ましい。そう感じた。欲得で動く性根も然り、盗み聞きをして恥じぬところも然り。もし図らずも耳に入ってしまったと言うのなら、忘れるか、或いは口外せぬことが礼節である。

もっとも、相良が義隆に何か吹き込んでいるなら見過ごせない。

「有難い。聞かせてくれ。其方が元服の暁には、厚遇を得られるように計らってやる」

斯様な者の欲を叶えてやる気など毛頭ない。空手形である。だが四郎は厚遇という言葉に釣られ、こちらの笑顔が作られたものだと見抜けないようだった。

「お約束、有難う存じます。然らば」

話の内容は、如何にも相良が考えそうなことであった。内藤興盛の娘を義隆の養女に取って、毛利元就の嫡男・隆元《たかもと》に娶わせる策を献言しているという。

（なるほどな）

隆房は頷きながら聞いた。得心するところはある。東大寺・興福寺領の一件で狙い撃ちにされたのと根は同じなのだ。

あの時、己は激怒した。義隆に対してではない。相良に対してだ。ゆえに、義隆に対しては真正面から陳情と諫言を連ねるのみ、内藤の力も借りて何とか領地召し上げを食い止めた。

相良にしてみれば当てが外れた思いだったろう。こちらの力を殺ぐことも叶わず、怒りを買うだけで終わってしまったのだ。かくなる上は、別のやり方で優位に立たねば安堵できない。そこで、今度は己に近しい実力者二人、内藤と毛利を引き剝《は》がそうと企んでいる。

「相良め……浅はかな奴よ」

隆房は胸に怒りを滾《たぎ》らせつつ、くすくすと笑った。四郎はこちらの面相にいささか呑まれ、強張った笑みで言った。

「耳寄りなお話でしたろう」

「確かにな。恩に着る。先の約束はきっと違えまい。以後、この隆房を頼むが良い」

発して、四郎と安富を帰した。去り際の安富を無念そうな気配が包んでいる。隆房はすっと立って室外まで二人を見送りつつ、安富の尻に触れてやった。四郎に言ったことは全て方便に過ぎぬ。それを感じたか、安富は小刻みに身を震わせた。

数日後、隆房は内藤を伴って義隆に目通りを願い出た。また何か諫言を聞かされると思ったのだろう、義隆は仏頂面で中之間に入った。

だが、こちらが笑みを湛えているのを見ると、呆気に取られたように目を丸くした。

「どうした、その顔は」

隆房は胸を張って応じた。

「御屋形様のお力を強め、大内の足許を固めるための、またなき一手を具申に上がりました。まず、安芸と備後の国衆が昨今落ち着きを取り戻しておるは、毛利元就殿が手腕に拠《よ》るところ大きいかと存じます。これには篤《あつ》く報いねばなりますまい」

義隆は、きょとんとした顔で頷いた。

「道理である。それによって大内の力を固めると申すか」

「はい。内藤殿と共に参りましたは、内藤殿のご息女を御屋形様のご養女にお迎えし、元就殿が嫡男・隆元殿に娶わせてはどうかと思いましたゆえにござります」

四郎から伝え聞いた相良の策、そのままである。義隆は訝《いぶか》しそうに問うた。

「其方と武任は。その……犬猿の仲のはずだが」

「はて、相良が如何しましたろうか。あのような者、名すら耳にしたくござりませぬ」

眉をひそめて返すと、義隆も「そうよな」と納得したようだった。

隆房には勝算があった。相良の献言は未だ家中に明かされていない。内藤にも確かめたが、当人にさえ、まだ内示されていなかったという。

ならば先手を打つに限る。相良の策を奪い、自らの献言としてしまえば良い。隆房は朗らかに発した。

「相良など、どうでも良うござりましょう。それがしの具申についてお考えくだされ」

同じ献言が二人からあれば、普通の主君なら双方にそれを明かし、先に具申した方を立てる。後から進言した方には「助力せよ」と命じるものだ。しかし義隆は違う。きっと流される。家老筆頭の立場を以て強く押すべし。

「御屋形様のご養女を賜るとあらば、毛利も一層の働きを見せましょう。さすれば大内の行く末も万全かと。如何にござりましょう」

追い討ちの言葉を投げ掛けると、義隆は少し考えた風だったが、すぐに「ふむ」と頷いた。

「興盛、異存はないか」

内藤は大きく頷いた。

「陶殿と共に参りました上は、異存などあろうはずもございませぬ」

義隆は「うん、うん」と頷きながら聞いている。隆房は満面の笑みで畳み掛けた。

「然らば決まりにございますな。それがし郡山城に援軍した頃から元就殿とは懇意にしておりますれば、早速このことを報せようかと存じます。全てお任せを」

「そうか。良きに計らえ」

「祝着にございます」

勝った。顔には歓喜し、肚の中では相良をせせら笑った。

全く同じ上申である。相良が話を進めれば、毛利と内藤には相良への義理が生まれていただろう。だが、押し通したのはこの隆房だ。逆に両家は、より陶と親密になる。

（我が思惑どおり。されど）

隆房は笑みを絶やさぬまま、心中に嘆いた。此度も義隆は流された。残念ながら、今やその程度の人でしかないのだ。

（このお方では、大内は）

軍兵のことも政も省みず、下々の苦しみも意に介さない。献策を横取りされた相良がどう思うか、それすら汲み取ろうとしない。信念がないのだ。義隆は人の主たる資格を失っている――これまで感じてきた懸念が、抗《あらが》いようのない事実として付き付けられていた。

＊

大内の氏寺・興福寺の境内には能楽の舞台がある。今宵《こよい》、ここで舞われているのは「高砂《たかさご》」の演目であった。

年明けの天文十八年（一五四九年）三月、毛利元就が山口を訪れていた。隆房の左前で義隆と座を並べ、酒杯を傾けながら能を見物している。

「これにて毛利も、我が大内の一門よの」

「はっ。粉骨砕身、誠心誠意の働きをお見せする所存にて」

にこやかな義隆に対し、元就はやや厳《いか》めしい声で返した。

昨年末、大内家から輿入《こしい》れの件が内示され、毛利から受諾の返答があった。そこで隆房は、元就に山口を訪れるよう要請していた。婚儀のことに加え、先年、毛利元春の吉川家相続が許された一件への答礼のためである。

一間半の先に元就の様子を見ながら、隆房は杯の酒をちびりと舐めた。

大内一門衆に加わるのは、毛利家にとって喜ばしい話のはずだ。主家との結び付きを強くするだけでなく、橋渡しをした陶家との結束も強まるなら、意に沿わぬはずはない。にも拘らず元就は、いささかも楽しんでいる風ではなかった。舞台の篝火《かがりび》に照らされた顔は、ともすれば般若《はんにゃ》の面にも見える。心中に積もった澱があるのだと、容易に察せられた。

婚礼の演目、高砂の歌舞が終わる。元就は「ふう」と息をつき、こちらの視線に気付いたか、ちらりと目を向けた。

眼差しには怒りが宿っている。隆房は伏し目勝ちに頷いた。

三時（六時間）にも及ぶ歓待の宴が終わると、元就は宛がわれた宿坊へと戻って行った。大内家中も、義隆は築山館へ、他はそれぞれの屋敷へと帰って行く。最後に残されたのは隆房と、元就の饗応《きようおう》役を命じられた弘中隆包のみであった。

「隆房殿」

いつまでも座を立たぬ隆房に、弘中が声をかけた。早く帰れ、という口調ではない。

「如何した」

落ち着いた声音で返す。すると弘中は得心したように続けた。

「お分かりになっているのでしょう。ゆえに残られた。違いますか」

「で、あろうな」

苦笑と共に発し、隆房は座を立った。弘中が頷いて先に立ち、元就の宿坊へと案内された。

「御免。弘中にござる。陶殿も共におられます」

「お入りくだされ」

障子越しの声に従い、隆房は室内に入った。元就の正面に膝詰めで座ると、弘中が再び障子を締め切り、こちらの右後ろに控えた。

「だいぶ、お疲れのようにござるな」

隆房が発すると、元就は憮然とした顔を見せた。

「山口に来て十日、毎夜これだけの歓待を受けましては。慣れぬことゆえ」

「大内一門となるのに、慣れぬと申されてばかりでは」

「然りとて郡山は鄙《ひな》の地、華やかな山口とは違い申す」

元就は中々、肚の内を曝《さら》け出さない。背後に弘中の焦《じ》れた気配を感じる。隆房は「ふふ」と笑って発した。

「ここにおるのは、ご辺と心を通わせる者のみ」

促してやると、元就は歯軋りして静かな声を震わせた。

「然らばお伺い申し上げる。隆房殿は、これを是となされますのか。安芸では……いやさ、石見や備後とて同じ、国衆をまとめ上げ、質素倹約を旨として尼子に備える毎日にござる。然るに婚儀の約定を祝うとは申せ、連日連夜の遊興でいったいどれほどの財を使っておるか。一月に再びの天役が発せられたは、そも、この宴のためにござろう」

ようやく本心を引き出し、隆房は大きく頷いた。

元就を歓待するに於いて、天役が発せられることは見越していた。これまでの己なら何としても食い止めようとしただろう。だが、今回は敢えてそうしなかった。

それは、なぜか。

怒りを吐き出した元就は、箍《たが》が外れたように、声に熱を込めた。

「安芸で苦心する毛利へのご高配は有難きこと、されどそのために天役で安芸を締め上げるなど本末転倒ではござりませぬか」

ここまで黙って聞いていた弘中も、ようやく口を開く。

「それがしも、此度の隆房殿のなさりようには首を傾げておりました。天役は安芸のみに発せられたものに非ず。周防も同様にて、我が領・岩国も干上がり申した」

隆房は右の肩越しに弘中を見遣って頷き、元就に目を戻した。

「大内から嫁を出すなら、体面というものがござろう」

「異なことを仰せられる。生きるか死ぬかの乱世に体面など無用でしょう。大内は旧家なれど、斯様な古臭い考えのために足許を危うくするなら……。そこをお伺いしておるのです」

食い入るような眼差しを向けられ、隆房は目を伏せた。

小さく肩が震える。くすくすと笑いが漏れる。

「あはは、あっははははは、ははは！」

含み笑いが一転して哄笑となった。弘中は少したじろいだ気配を発したが、元就は微動だにしない。それでこそと目を見開き、隆房は腹に力を込めた。

「足許など、とうに危うい。そして体面など……くだらぬことぞ」

元就の目には驚きの色に加え、「やはり」という期待が浮かんだ。

「敢えて御屋形様のするに任せたと」

隆房は「然り」と応じ、この婚儀の裏側を包み隠さず話した。相良が陶と内藤、毛利の離間を図り、自らの主導で婚姻を進めようとしたこと。それを知った己が先手を打ち、相良の策を奪ったことを。

「元就殿に答礼を勧めたのは、それがしにござる。されど勧められずとも、山口に参られたのではござらぬか」

「参じぬ訳にもいきませぬ」

当然だと返した後、元就は何かに思い当たったような顔をした。

「ゆえに、ですか」

背後の弘中が「むう」と唸り、隆房の右手まで身を乗り出した。

「元就殿が山口に参られるなら、御屋形様は必ず盛大な祝宴を張る。そして婚儀の一件で先手を打たれた相良は……隆房殿が何と言おうと、御屋形様のご意向に沿うよう手を回す」

隆房は苦笑交じりに頷いた。

「ゆえに、何もせなんだ。其方や元就殿に怒りを覚えてもらうのも、また良しと思うたのでな」

そして元就に向き、真剣そのものの眼差しを送った。

「これが大内の偽らざる姿にござる」

「もう御屋形様は御せられぬと？」

押し潰された声音に、しっかりと頷いて返す。右の脇で弘中が血相を変えた。

「いや、いやさ、お待ちあれ。隆房殿が家中を束ねたのは、そのためではなかったはず。君側の奸、相良を亡き者にすれば済むことにござりましょう」

これに対しては元就が異論を差し挟んだ。

「弘中殿、しばし。相良殿だけに全ての責めを負わせて良いものか」

我が意を得たり。隆房は目を半開きにして視線を泳がせた。

「わしは思うた。今の御屋形様は吉川の先代と同じだと」

吉川の先代・興経も、佞臣を取り立てて領内に圧政を布き、家臣に見限られて隠居に追い込まれたのだ。元就が頷き、弘中が俯く。

隆房は、ぎらりと目を光らせた。静かな声に熱が籠もる。

「いいや。常に誰かに流されるだけ……そういう情けないお人になってしまわれた分、吉川よりも悪い。相良を討ったとて、その相良を舞い戻らせた小槻のお方様がおられては」

元就はここに至って、落ち着いた声音で嘆くように発した。

「何も変わりませせぬな。御屋形様は、今度は小槻のお方様に流されましょう。きっと大内家を危うくする」

隆房は「ふう」と長く息を吐き、暗い天井を見上げた。

「わしは、御屋形様が生まれながらの蒙昧だとは思わぬ。されど」

大内は大国である。これが潰れたら、義隆は巷間《こうかん》に暗愚の名を残すのみ。今の有様を捨て置けば、間違いなくそうなってしまう。

無念だが、主君としての義隆には見切りを付けねばならない。だが己と義隆に情が通じている限り、否、己だけにでも情が残っている限り、大内家と共に義隆の名を守りたかった。

そのために何をすべきか。今まで散々考えてきたのだ。信頼できる二人に、胸中に結実したものを打ち明けるべし。隆房は顔を前に戻して元就を見据えた。

「押し込みも謀叛も主の不徳なれど、手を下す者はやはり不忠を誹《そし》られる。それでも成さねばならぬなら……我こそ、進んで悪名を頂戴せん」

大内家と義隆の名を守りたい。そのためには主君押し込みを成し遂げねばならぬ。独り善がりと言わば言え。かつて義隆の寵を一身に受けたからこそ、他の誰でもない、己がやらねばならぬのだ。

しんと静まった座に、低く抑えた声で発した。

「毛利元就殿。お味方を願う。ことの成った暁には、ご辺を安芸守護代に任じよう」

元就は少し考え、然る後にどこか確かめるような眼差しを返した。

「初めてお目にかかった日、貴殿は真っすぐな目で夢を語られた。あれは、よろしいのですか。西国には全く新しい支配が築かれることになる」

覚えている。あの日の己は、大内による西国の新たな支配を築き、義隆に天下の権を握らせると語ったのだ。しかし、よろしいのですか、とは。隆房は失笑気味に笑い声を漏らした。

「よろしいも何も。この話は、ご辺が申されることのためでもある」

傍らで弘中が固唾を呑む。目の前の元就と視線を絡める。

ひとつ、二つ、三つ。静かな呼吸に続き、元就は目に輝きを湛えた。

「承知仕った。ついては我らの契りの証に、元春を貴殿の義弟としたく存じます。あれは貴殿に尊敬の念を抱いておりますれば」

通じた。それも安芸守護代という条件、欲得によるものではない。

相良、小槻氏、清ノ四郎、欲にまみれた者を嫌と言うほど見続けてきた目には、それが良く分かった。

「弘中、其方もだ。助力を頼む」

「大内は大国なれど……今は一朝ことあらば天役を頼むばかり。致し方ない仕儀にござろう」

主君・大内義隆を押し込み、隠居させるべし。三人はこの一点で固く結束した。

「されど、未だ内藤殿や問田殿とは談合しておらぬ。それが済んだら、改めてわしから決行の日を報せよう。まずは時を待ち、力を蓄えておくように」

隆房の囁きに、元就と弘中がしっかりと頷いた。

＊

元就は五月一杯、山口に留まった。この時の饗応と遊興にはさすがの義隆も満足したようで、以後しばらくは散財することもなかった。大内家中は一時の落ち着きを得ていた。

もっとも、それは財政に限った話である。義隆と小槻氏、二人の後ろ盾を得た相良はいよいよ横柄に振る舞うようになっていた。

九月末、小守護代から今年の年貢高を記した帳簿が送られてきた。隆房はこれを報告すべく築山館に上がった。今は杉が義隆に目通りしているゆえ、しばし待てとのことであった。

「どうしてだ。なぜ、ならぬのか」

控えの間に入るなり、四つ奥の中之間から怒声が上がった。杉である。

「大内の財は御屋形様の財、貴公が勝手に使うなど以ての外ぞ」

今度は相良が声を張り上げた。聞き耳を立てるまでもない。

「口幅ったいことを。財を私せんと言うのではない。壊れた水路を直すのに銭が要ると、郡代から陳情が上がっておるのだ」

正直なところ杉は気に入らない。内藤からは「追い追い和解してゆくように」と言われていたが、讒言を繰り返されていたと知って恨みを抱き、以後は有耶無耶《うやむや》にしている。それでも、この言い分は真っ当なものだと思えた。

「斯様な陳情を容易く聞けば、大内の政に綻《ほころ》びを生むと申しておる」

なお言う相良に、杉が嚙み付く。

「百姓が満足に米を育てられねば、大内の財に綻びを生むと申しておる」

義隆が鷹揚に発した。

「重矩、控えよ。其方の申しよう、詮議《せんぎ》の上で決する」

主君を相手にして、なお杉は怒りの醒《さ》めぬ声で応じた。

「その詮議、評定にござりましょうか」

すると相良が峻烈に発した。

「無礼者め。御屋形様が間違った差配をなされると申すか」

杉が「何を」と応じ、義隆が呆れたように「重矩」と制する。それきり言葉は途切れた。

少しの後、足音も荒く杉が廊下を進んで来た。控えの間にあるこちらを見ると、心底嫌そうに舌打ちをして目を逸らし、そのまま築山館を辞して行く。この分では、先の陳情は取り上げられぬだろう。いい気味だと思う反面、杉の領国・豊前《ぶぜん》の百姓が苦労することは気の毒であった。

この後、隆房は淡々と報告を済ませた。相良からは「年貢高が昨年より少ない」と指摘を受けたものの、杉のように論を戦わせずに「作況というものもござれば」と頭を下げた。相良は拍子抜けした風であった。

館を辞するに当たり、義隆の見送りを受けつつ思う。

(相良め、精々吼《ほ》えておれ)

今、ここで噛み合う必要はない。相良が佞言を弄し続ければ、大内家の危機はより明らかになる。破綻する前、大内家という枠組みを何とか繕えるぐらいの頃合を計って、主君押し込みを決行すべし。さすれば内藤や問田も否とは言わぬだろう。

（うぬが首は、そこで刎《は》ねてくれる）

隆房は義隆に深々と一礼し、築山館を辞した。

年貢高が落ちたのは、元就への饗応が原因である。天役が発せられたとあっては、百姓衆の働きが悪くなるのも当然であった。己とて敢えて反対しなかったのだから同罪である。しかし相良を討ち、義隆を押し込んだ後は、決してこのようなことを起こすまいと心に決めた。

そうして十月、冬を迎えた。

周防国は瀬戸内の海に面し、初冬の間はさほど寒さを感じない。だがこの日は昼過ぎからやけに冷えていた。寒さは夜に入ってなお増し、隆房は休む前に体を温めるべく、妻を相手に酒杯を傾けていた。

「殿、お客様です」

障子の外から宮川の声がかかる。

「内藤殿か。或いは安富か」

既に夜四つ（二十二時）の鐘が鳴った後で、誰かを訪ねるのは無作法な時分である。よほど懇意にしている者か、それでなければ築山館の内情を報じさせている安富に違いあるまいと、問うてみた。しかし返されたのは意外な名であった。

「それが、杉重矩様でして。内藤様もご一緒ですが」

「杉殿が？」

思わず問い返した。昼日中でも、この屋敷に来ることは滅多にない。

「如何いたします。お断りしましょうや」

宮川はそう言ったが、隆房には少し引っ掛かるところがあった。杉が訪ねて来るなど、今までは何かしら文句を付けに来る場合だけであった。そうした折には案内を請うことなど一度としてなかったのだ。それが今日に限って作法を守り、しかも内藤を伴っている。いずれ重大な話に違いあるまい。

「いや、通せ」

ちらりと右手に目を流す。酌をしていた妻は、すっと頭を下げて静々と下がった。そして杉と内藤が部屋に至ると、二人の分の酒と肴《さかな》を運んで来て、また立ち去った。

「陶殿」

杉はそれだけ言って口を閉ざした。隣に座る内藤が軽く肘で小突いている。促された杉は、突然、平伏の体となった。

「相良を討ちたい。貴公はかねて家中を束ねておったろう。わしを、その中に入れてくれ。これまでのことは詫びるゆえ」

悔しくてならぬという口調である。それほどに相良が憎いからなのか、今まで散々に角突き合わせてきた己に頭を下げるのが気に入らぬのかは判然としない。ただひとつ、この男に頭を下げられて驚いたのは確かであった。

「内藤殿、これは？」

杉を捨て置いて問う。内藤は「やれやれ」とばかりに苦笑を漏らした。

「言葉どおりです」

目を戻すと、杉は平伏のまま顔だけを上げ、睨むようにこちらを見た。

「貴公、先だってのことを覚えていよう」

「水路の一件にござろうか」

やはり受け入れられなかったと見える。杉は顔を憤怒に固めながらも、体には力が入らぬといった感じに平伏を解いた。

「一事が万事だ」

「それは重々承知しておるが」

相良が守護代の具申を退けるのは、何も杉に限った話ではない。小槻氏の嘆願で舞い戻ってからというもの、悉《ことごと》くあの調子である。

はあ、と長く息を吐き、杉は苛立たしげに発した。

「奴め、御屋形様の寵とおさい様の信を良いことに、好き勝手に振る舞っておる。武功の譜代に憎まれておると知っているものだから、力を奪おうとしておるのだ。わしも、これまで御屋形様に何度も献言して、その度に退けられておる」

度重なる献言とやらは、この隆房を陥れるための讒言ではないか。思うと、腹の中に熱いものがこみ上げた。

「陶殿」

内藤がひと声を寄越した。懇意にしている間柄ゆえ、杉の讒言についてはかねて耳に入れている。だが、知りつつも「今は怒りを収めよ」と顔に書かれていた。

「そうよな」

気を鎮めるため、隆房はひと言を発して間を取る。すると、杉は首の力が抜けたように、再び頭を下げた。

「頼む。このとおり、詫びておるではないか。相良めを何とかせねば、やがて大内は潰《つい》えてしまうのだぞ」

かつて内藤と話したものだ。大内の危機が目に見えて分かるようになれば、杉も納得して同心するだろうと。図らずもそれが現実となっている。

隆房は「ふう」と溜息をついた。

正直なところ、杉には恨み以外のものを覚えていない。こちらが何とか歩み寄ろうとしたのに勝手に遠ざかり、あまつさえ陥れようとした輩《やから》である。それが奏功せなんだから、相良を叩きたいからという理由で擦り寄るなど人の道に悖《もと》る。

だがそれでも家老の一角、豊前守護代である。一国を預かり、常に八千余の兵を動かせるだけの力を備えているのだ。

（外道も、また良し。それなりの対し方がある）

肚の内でほくそ笑みつつ、隆房は静かに発した。

「杉殿、顔を上げられよ。貴公の申し出、有難く受けよう」

「おお」

弾かれるように上がった顔には、極限の悔しさと喜びが同居していた。相変わらず滑稽《こっけい》な面相を見せる男である。これを目にして、胸中の不敵な笑みが失笑に変わった。隆房はそれを、さらに和解の笑みに作り変えて自らの顔に貼り付けた。

本書は、株式会社ＫＡＤＯＫＡＷＡのご厚意により、角川文庫『悪名残すとも』を底本としました。但し、頁数の都合により、上巻・下巻の二分冊といたしました。

悪名残すとも　上

（大活字本シリーズ）

2023年11月20日発行（限定部数700部）

底　本　角川文庫『悪名残すとも』

定　価　（本体3,300円＋税）

著　者　吉川　永青

発行者　並木　則康

発行所　社会福祉法人　埼玉福祉会

埼玉県新座市堀ノ内3―7―31　〒352―0023

電話　048―481―2181

振替　00160―3―24404

印刷製本所　社会福祉法人　埼玉福祉会　印刷事業部

ISBN 978-4-86596-608-4

大活字本シリーズ発刊の趣意

現在，全国で65才以上の高齢者は1,240万人にも及び，我が国も先進諸国なみに高齢化社会になってまいりました。これらの人々は，多かれ少なかれ視力が衰えてきております。また一方，視力障害者のうちの約半数は弱視障害者で，18万人を数えますが，全盲と弱視の割合は，医学の進歩によって弱視者が増える傾向にあると言われております。

私どもの社会生活は，職業上も，文化生活上も，活字を除外しては考えられません。拡大鏡や拡大テレビなどを使用しても，眼の疲労は早く，活字が大きいことが一番望まれています。しかしながら，大きな活字で組みますと，ページ数が増大し，かつ販売部数がそれほどまとまらないので，いきおいコスト高となってしまうために，どこの出版社でも発行に踏み切れないのが実態であります。

埼玉福祉会は，老人や弱視者に少しでも読み易い大活字本を提供することを念願とし，身体障害者の働く工場を母胎として，製作し発行することに踏み切りました。

何卒，強力なご支援をいただき，図書館・盲学校・弱視学級のある学校・福祉センター・老人ホーム・病院等々に広く普及し，多くの人人に利用されることを切望してやみません。